Pour Sho

Je te souhaite un
magnifique voyage dans
l'univers de Charlot
et de K-Tie !

amquesnel@~~vidéotro~~outlook.com

Nous remercions la SODEC
et le Conseil des Arts du Canada
de l'aide accordée à notre programme de publication
ainsi que le gouvernement du Québec
– Programme de crédit d'impôt
pour l'édition de livres
– Gestion SODEC.

Nous reconnaissons l'aide financière
du gouvernement du Canada
par l'entremise du Fonds du livre du Canada
pour nos activités d'édition.

Illustration de la couverture :
Géraldine Charette

Montage de la couverture :
Grafikar

Édition électronique : CompoMagny enr.

Membre de l'Association nationale des éditeurs de livres

Financé par le gouvernement du Canada
Funded by the government of Canada | Canadä

Dépôt légal : mars 2016
Bibliothèque et Archives Canada
Bibliothèque et Archives nationales du Québec

234567890 IML 09876

Copyright Ottawa, Canada, 2016
Éditions Pierre Tisseyre inc.
ISBN : 978-2-89633-348-6
11670

L'histoire de Charlot,

La théorie du filet mignon

**DE LA MÊME AUTEURE
AUX ÉDITIONS CARAMELLO**

Histoires craquantes, 2014 (en collaboration avec Ginette Lareault).

Catalogage avant publication de Bibliothèque et Archives nationales du Québec et Bibliothèque et Archives Canada

Quesnel, Anne-Marie, 1971-

    L'histoire de Charlot, La théorie du filet mignon

    (Collection Conquêtes ; 150)
    Pour les jeunes de 12 ans et plus.

    ISBN 978-2-89633-348-6

    I. Titre. II. Titre : Théorie du filet mignon. III. Collection : Collection Conquêtes ; 150.

PS8633.U476H57 2016   jC843'.6   C2015-942075-X
PS9633.U476H57 2016

Anne-Marie Quesnel

L'histoire de Charlot,
La théorie du filet mignon

Roman

ÉDITIONS
PIERRE TISSEYRE
www.tisseyre.ca

155, rue Maurice
Rosemère (Québec) J7A 2S8
Téléphone : 514-335-0777 – Télécopieur : 514-335-6723
Courriel : info@edtisseyre.ca

1

La nausée

« **H**ey… Rémi! Je m'occupe de ranger tes boîtes vides dans le sous-sol. Comme ça, quand ça va foirer avec ma mère, on n'aura pas à en chiper d'autres à l'épicerie…» ai-je lancé à mon beau-père avec un clin d'œil, question de bien l'accueillir.

Maudite famille recomposée de merde… Excusez mon langage; je vais essayer de faire attention. Toujours est-il que Rémi m'a souri, s'est approché et a mis sa main sur mon épaule, la secouant doucement, mais fermement. Je sais qu'il voulait qu'on s'entende, qu'on développe une relation, qu'on fasse un peu de psychologie. Blablabla. De la grosse… poutine! Je n'en ai rien à cirer de ce gars-là.

— Écoute, Charlot, je…

— T'as pas le droit de m'appeler Charlot, le *smat*. Il n'y a que ma mère et mes amis qui m'appellent de même, pis encore. En plus, enlève ta patte poilue de mon épaule.

M'man te laisse peut-être la tripoter, mais pas moi, c'est-tu clair? Et suis bien mon conseil : profites-en pendant qu'elle te voit dans sa soupe ; ça durera pas. Quant à toi pis moi, ben c'est assez simple. T'es pas mon père, pis tu le seras jamais, essaie même pas. T'es pas mon chum non plus, j'te trouve pas *cool*. T'es rien d'autre qu'un survenant. T'es de passage. Je m'attends à ce que tu fondes avec la neige du printemps, puis j'aurai droit à une nouvelle mouture paternelle pour la belle saison. En attendant, je te tolère. Comme le prochain beau-père.

Je ne pouvais plus m'arrêter de l'insulter. Les mots se bousculaient dans ma bouche. J'ai continué ainsi jusqu'à ce qu'une faille apparaisse sur son visage. Une fissure en amenant d'autres, comme sur un pare-brise éclaté. Puis il s'est mis à trembler sévèrement, et alors que j'entendais ma mère crier « Charlot ! Charlot ! », il a explosé. Littéralement explosé devant mes yeux ! Je n'arrivais pas à être triste et je riais en balayant du pied les petits débris de Rémi qui avaient atterri un peu partout dans la pièce et qui parsemaient même mon chandail.

❋

C'est comme ça que je me suis réveillé. Sachant que j'étais difficile à tirer du sommeil, ma mère me brassait comme un prunier en répétant mon prénom. J'ai ouvert les yeux.

— Bon, enfin! Ça fait cinq minutes que j'essaie de te lever. Qu'est-ce que t'as à sourire de même? Faisais-tu un beau rêve, mon Charlot?

Ma mère a planté un baiser sur mon front et s'est affairée à replacer quelques petits trucs dans ma chambre. Je la sentais fébrile, et plus je me réveillais, plus j'avais mal au cœur. Son bonheur était inversement proportionnel à ma nausée alors que la réalité balayait peu à peu le rêve.

Excitée, elle m'a dit :

— Tu n'as pas oublié que Rémi emménage aujourd'hui? On va avoir besoin de tes muscles, mon grand. Celui-là, c'est le bon, je le sens! Le sens-tu, Charlot? Ah! On va être tellement heureux ensemble, Rémi, toi et moi! Une petite famille parfaite! Pis Rémi, qui t'aime tellement. Tu es comme le fils qu'il n'a jamais eu, il arrête pas de me le répéter.

Pour une raison que je m'explique mal, elle s'est mise à valser dans ma chambre. C'était trop de bonheur, trop de bonne heure. J'étais sur le bord de dégueuler.

Je suis descendu à la cuisine dix minutes plus tard. Je portais mon jeans déchiré, taché et troué avec le chandail de Led Zeppelin de mon père, deux fois trop grand et plus vieux que moi. Son sourire défaillant à peine, j'ai quand même perçu l'ombre d'une souffrance passer dans le visage de ma mère quand elle m'a vu. Ce t-shirt-là, c'est mon doudou et elle le sait. C'est un message fort, un souvenir douloureux. Je n'ai pas pu m'en empêcher même si, tous les deux, on a fait semblant que le chandail n'existait pas, que je n'avais pas choisi ce vêtement aujourd'hui, jour J du chapitre avec Rémi. Bref, on s'est concentrés sur autre chose.

Ça sentait le café, les œufs et le bacon. Ma mère s'était donné du mal pour me préparer un déjeuner copieux. Elle avait même fait des crêpes. Je me suis servi un café auquel j'ai ajouté quatre sucres et une bonne rasade de crème, puis je me suis assis à la table. J'essayais juste de ne pas vomir, mais ce n'était pas facile. Ma mère a déposé une assiette remplie à ras bord devant moi. Elle papotait joyeusement de tout et de rien, faisant des *steppettes* par-ci, par-là. J'avais une roche lunaire dans l'estomac.

— Tu ne manges pas, Charlot?

— Pas faim.

Je savais que je la décevais, mais tout ça était au-dessus de mes forces.

— Tu sais que j'aime pas que tu boives du café. Tu as ta vie devant toi : bien assez de temps pour développer des mauvaises habitudes! Va falloir que tu...

Elle a été interrompue par la sonnette de la porte principale. En deux secondes, elle est devenue rouge comme une pivoine, à deux doigts de l'hyperventilation.

— Oh mon Dieu! Oh mon Dieu! Il est arrivé, je ne peux pas le croire!

On aurait dit qu'elle avait 15 ans et qu'Elvis venait de sonner chez nous. Entre elle et moi, c'est qui l'adulte? Je me le demande souvent… Elle ne pouvait s'empêcher de crier: «Entre, Rémi, entre!» alors qu'elle courait vers la porte. Dans l'entrée, elle n'en finissait pas de s'exclamer et de se lamenter de joie, expliquant à Rémi qu'il était chez lui maintenant, et qu'il n'avait pas besoin de sonner, et que sa clé était prête et que le code du système d'alarme était le 9-7-2-4 et qu'elle avait déjà avisé le bureau de poste et tout et tout et tout…

Je l'aime, ma mère, mais diable qu'elle est étourdissante! J'ai fini mon café lentement tandis que leurs éclats de voix et de bonheur me parvenaient comme autant de coups de poignard. Je me suis levé et j'ai pris mon assiette. J'en ai vidé le contenu dans la poubelle et j'ai déposé ma vaisselle dans le lave-vaisselle, puis je suis monté à ma chambre. Je me suis installé devant un jeu vidéo et j'ai mis *Black Dog* dans mes écouteurs, Led Zeppelin me plongeant dans son univers rassurant. Le volume étant aussi fort que je pouvais le supporter, à la limite de la douleur physique, je n'ai pas entendu ma mère m'appeler. C'est quand elle est venue dans ma chambre que j'ai dû accepter, bien à contrecœur, de fermer mes trucs et d'aller saluer Rémi. Je sentais ma mère nerveuse. Elle m'a parlé à voix basse :

— Charlot, tu peux pas me faire ça… Je sais que c'est pas facile, mais essaie, mon amour, OK? Donne-lui une chance. De toute façon, c'est ton nouveau père, tu vas voir, il est vraiment sympathique…

Tous les muscles de mon corps se sont contractés, mais je n'ai rien pu faire d'autre que d'acquiescer subrepticement et de la suivre, la mort dans l'âme. Mon nouveau père! Pffff… C'est ce qu'on allait voir.

Rémi attendait dans l'entrée. Il attendait! C'est pas un homme, c'est un caniche. Je ne pouvais m'empêcher de l'imaginer assis sur son arrière-train, la *papatte* en l'air pour avoir une gâterie, la gueule ouverte avec un sourire niais, bavant partout… Je ne voyais vraiment pas ce que ma mère lui trouvait à cet imbécile heureux. OK, il n'est pas laid. Reste qu'à l'époque, son côté soumis me tombait sur les nerfs. Toujours est-il qu'il m'a serré la main et m'a pris dans ses bras. Il tombait dans la catégorie des gens *très* affectueux. C'était un «toucheux». Pas déplacé dans le genre pervers, mais juste trop physique. Je n'aime pas ça. Vraiment pas. Je tolère à peine les câlins de ma mère et elle m'a donné la vie, alors on s'entend qu'un grand poilu légèrement bedonnant qui essaie de combler le vide laissé par mon père et qui embrasse ma mère, ça me donne de l'urticaire.

— Merci, Charlot, de m'accueillir ici. On va être bien ensemble, je te le promets. Je sais que tu es l'homme de la maison depuis quelques années, mais c'est fini maintenant, c'est fini, mon grand. Je suis là et je vais m'occuper de vous…

Qui parle ainsi? Quel adulte pense sincèrement que c'est le discours parfait pour le fils de sa nouvelle blonde? Quel imbécile est convaincu que des mots trempés dans le plus abominable sirop de glucose-fructose peuvent avoir le plus infime impact positif sur une relation potentiellement désastreuse? J'ai reculé avec un demi-sourire, en souhaitant très fort qu'il ne ressente pas à quel point je le détestais. J'étais incapable de parler, persuadé que j'allais dégobiller en jets violents. Avec un petit signe du menton, j'ai pointé vers l'extérieur, où je me suis dirigé prestement pour commencer à entrer les boîtes. J'étais à peu près muet comme une carpe. Impossible de formuler une phrase. Pour être honnête, ce trait fait partie de ma personnalité. Le gène de l'éloquence était en vacances lors de ma conception. Les discours, la verve, c'est dans mes rêves que ça se passe, pas en vrai. J'envie mon alter ego nocturne pour sa capacité d'invectiver Rémi, mais je n'en ferai jamais autant. Beaucoup trop mal au cœur pour ça. En fait, Rémi est mon nausée-o-mètre personnel. Plus il est près de moi, plus j'ai le goût de vomir. Plus il s'éloigne, mieux je respire. Devrais-je consulter un médecin pour cette pathologie? Est-ce que c'est une maladie classée dans quelque encyclopédie médicale? Comment s'appellerait-elle? La Rémiite virulente? L'infection Rémitale? Le syndrome du Rémi auto-immun? La Rémitose dégénérative? L'intolérance Rémitout infectieuse?

Bref, j'ai passé l'avant-midi à transporter des boîtes, comme autant de virus que j'introduisais volontairement dans ma demeure. Je n'aurais que moi à blâmer en cas d'infection virale. Par la suite, comme un bon garçon, j'ai défait, coupé, ficelé et empilé les boîtes pour les mettre au recyclage. La vraie vie faisait un pied de nez à mon rêve: Rémi était bel et bien là pour rester. J'étais carrément coincé avec un nouveau beau-père.

Toujours aussi taciturne, je me suis excusé auprès des amoureux (ce qui faisait leur affaire, j'en suis sûr). J'ai rejoint ma chambre et j'ai vomi toute ma rancœur dans ma petite poubelle.

Voilà! Une bonne chose de faite.

Il ne me restait plus qu'à élaborer mon plan d'action.

2

L'aquarium

Ça faisait quatre jours que Rémi était débarqué dans ma vie quand une nouvelle livraison est arrivée. Ma mère était tout excitée. Elle sautait sur place en tapant des mains comme une enfant. Si la chanson qui jouait sur mon iPod à ce moment précis n'avait pas pris fin, je ne me serais rendu compte de rien. En effet, j'avais déjà pris l'habitude de couper ainsi tous les sons de la maison. Je dormais même avec mon casque d'écoute, un excellent modèle qui couvrait complètement les oreilles, éliminant toute possibilité que j'entende ce qui se passait autour de moi. Pourquoi, me dites-vous? Eh bien, parce que dès la première nuit après l'emménagement de Rémi, j'ai eu droit au concert de ses ébats nocturnes avec ma mère quand je me suis malencontreusement réveillé à 2 h du matin avec une furieuse envie d'uriner. Tous ces «Oh! Rrrrrrémmmmiiiiii!»

m'ont écœuré, mais pas autant que les «Oh! Céline! Oh! Céline! Oh! Céline!» à n'en plus finir, déclamés en staccato. Résultat? J'ai dégueulé dans la corbeille de la salle de bain. En bon garçon, j'ai essuyé toute trace de mon dégât, j'ai attaché hermétiquement le petit sac de vomi et je l'ai rapporté dans ma chambre. J'ai alors ouvert le coffre qui est au pied de mon lit et j'y ai déposé le sac, qui est allé rejoindre celui que j'avais rempli un peu plus tôt dans la journée. On aurait dit que je commençais une collection! Je ne savais trop ce que j'allais faire avec ça, mais une idée me viendrait sûrement. C'est un peu comme aller à la pêche : il faut être patient. En attendant, je prévoyais faire provision de petits sacs étanches...

Mais revenons à nos moutons... La chanson *Kashmir* de Led Zep venait donc de se terminer quand j'ai entendu ma mère crier de joie. Roulant les yeux au plafond, j'ai continué mon jeu vidéo et j'ai monté le volume sur mon iPod, alors que *Ramble On* commençait. Led Zeppelin, c'était mon refuge, un synonyme de bonheur et de paix. Pas de Rémi dans cet univers. Pourtant, ça n'a pas été long que ma mère a surgi dans ma chambre, les joues rosies par l'excitation. Elle ne cessait de parler, mais je ne l'entendais pas. J'essayais de lire sur ses lèvres. Elle semblait dire : «Menum! Menum!» Je me suis souvenu que c'était ce qu'elle répétait quand j'étais petit et qu'elle me faisait manger. Elle disait que c'était du bon «Menum! Menum!». Mais là, je ne voyais vraiment pas le rapport. Elle s'est approchée et m'a carrément arraché les écouteurs en reprenant de plus belle :

— Un aquarium! Un aquarium! Rémi a acheté un aquarium! Viens voir!

OK, je vais être honnête : à 15 ans, les poissons m'excitaient à peu près autant qu'une lobotomie. J'avais bien d'autres préoccupations dans la vie. Je pense que j'aurais eu plus de plaisir à faire des expériences bizarres, du genre diriger le séchoir à cheveux dans ma bouche ouverte pour voir combien de temps ça prend pour que ma langue sèche, que de me choisir un poisson rouge. Mais ma mère, elle, se lance dans chaque nouvelle expérience comme un adorable chiot excité. Elle a donc agrippé ma main (fermement) et m'a traîné jusque dans le salon. C'est là que j'ai vu... la chose.

Oubliez le bocal avec un seul valeureux poisson : c'était une espèce de meuble absolument monstrueux, aux dimensions gigantesques. En vérité, l'aquarium occupait le tiers du salon. On allait être littéralement collés sur l'écran de la télévision! Et comme si ce n'était pas assez, Rémi avait un sourire épais plaqué sur le visage. Les pouces accrochés dans les ganses de son pantalon beige, il se dandinait des talons aux orteils comme un vendeur de voitures qui vient de vous arnaquer. Il s'est adressé à moi.

— C'est-tu pas assez beau, ça, mon homme? Cinq cents gallons, oui, monsieur! On va en mettre du poisson là-dedans!

J'ai haussé les épaules et je suis retourné à mon jeu vidéo.

Rémi et ma mère ont passé des jours à préparer l'aquarium. Le nouvel homme de la maison (d'après lui) ne lésinait pas sur les conseils, puisqu'il s'y connaissait. D'ailleurs, il s'est vite rendu compte qu'il valait mieux surveiller ma mère de très près. Elle avait beaucoup de bonne volonté, certes, mais aucune expérience. Et elle est impulsive (ça, ce n'était rien de neuf). Bref, une miss Catastrophe…

Il était moins une lorsque Rémi l'a arrêtée alors qu'elle préparait une chaudière d'eau savonneuse à laquelle elle avait allègrement ajouté du Javel et qu'elle s'apprêtait à en imbiber une énorme éponge pour bien nettoyer les parois intérieures de l'aquarium… Même moi, qui suis nul en aquariophilie, je sais bien que l'eau de Javel et les poissons, ça ne fait pas bon ménage. Piteuse, ma mère a fini par ranger ses produits toxiques et par laisser son amoureux la guider durant le reste des opérations qui se sont déroulées correctement. Il y a bien eu quelques discussions rigolotes (ma mère tenait à décorer l'aquarium *pour pas que les pauvres poissons s'ennuient*...), mais somme toute, une fois le mastodonte bien rempli, il n'y avait rien d'autre à faire que d'attendre que le pH de l'eau et tous les autres gugusses soient équilibrés pour que l'environnement aquatique soit propice à accueillir de petites bêtes.

Quand la cloche a sonné la fin du dernier cours, K-Tie et moi avons pris l'autobus pour faire notre détour du jeudi. C'était un rituel qu'on avait instauré alors que j'étais en première année du secondaire et elle, en deuxième. Il faut savoir que K-Tie a un an de plus que moi, que nous sommes voisins et que nous nous connaissons depuis qu'on est petits.

Si ma mère ne l'avait pas vue grandir, K-Tie ne pourrait pas entrer chez moi, j'en suis persuadé. J'avoue qu'elle est dans une passe un peu spéciale, légèrement gothique, ou punk, ou rebelle, je ne sais pas trop comment la définir. Sa chevelure est mauve. Son sourcil droit, son nez, sa langue, ses oreilles et son nombril sont percés, de même que ses chevilles, derrière la jambe, juste au-dessus du talon où elle insère une espèce de bijou en forme d'os. Quand elle attache ses cheveux, on peut lire sur sa nuque un tatouage qui dit : «Mother Pucker». Même moi, qui ne suis pas le plus conservateur des gars, je trouve qu'elle y va un peu fort. Dans le temps, j'ai essayé de la dissuader de passer sous le dermographe, mais elle était inébranlable. Elle s'était décroché un petit boulot d'étudiante pour financer ses tatouages. Elle avait déjà une manche complétée, et ce n'était qu'un début…

Dans le bus, elle s'est informée de ma nouvelle situation familiale :

— Pis, ton beau-père ?

— Chiant.

— Pourquoi ?

— Il respire.

— *Cool*.

On n'a pas toujours les plus grandes discussions au monde, c'est sûr, mais on est bien ensemble. K-Tie habitait avec sa mère. Son père avait refait sa vie et il avait mis les choses au clair : K-Tie faisait partie de son passé, pas de son présent. Depuis qu'il était parti, quand K-Tie n'était qu'un bébé, il déposait 500 $ par mois dans un compte de banque, sans jamais sauter de paiement. Les conditions de ce versement étaient simples : K-Tie et sa mère devaient demeurer invisibles. En bref, le père de K-Tie ne voulait pas que sa nouvelle femme sache qu'il avait fait une enfant avec une danseuse. Pas une ballerine : une «danseuse», de celles qui travaillent la nuit. Les deux vies de cet homme ne devaient jamais se croiser. Un peu lourd à porter pour K-Tie qui se trouvait à incarner la honte de son géniteur…

On est débarqués à l'arrêt prévu et, comme à l'habitude, on s'est assis sur un banc qui donnait sur la cour de l'école primaire privée. À cette heure-là, les gamins fréquentant le service de garde jouaient dehors. Et puisque c'était à mon tour d'apporter la collation, j'ai sorti un emballage de maïs soufflé de mon sac à dos et on s'est mis à grignoter en observant attentivement les écoliers. C'était une sorte de jeu. Un genre de *Où est Charlie?* Sauf que l'objet de notre quête était la demi-sœur de K-Tie…

Mon amie avait appris l'existence de Marie-Françoise Debourgault-Laverdurière (quel nom horrible et prétentieux!) par pur hasard. L'approcher était risqué. Toutefois, K-Tie était presque majeure et ne redoutait pas vraiment de perdre sa pension qui tirait à sa fin de toute façon. Reste qu'elle n'avait jamais parlé à sa demi-sœur, et ce n'était pas dans ses intentions. Du moins, pas pour l'instant. Elle voulait juste l'observer, l'étudier, un peu comme on va au zoo pour reluquer un animal exotique.

— Oh! Je la vois : à côté de la balançoire, là-bas…

— Avec la casquette rose? Ben non, Charles, cette petite a les cheveux châtains.

Ma sœurette est blonde, comme moi. C'est ma *doppelgänger,* tu te rappelles?

K-Tie et ses histoires de *doppelgängers*! Malgré tout ce que je pouvais en dire, mon amie prenait Marie-Françoise pour sa jumelle maléfique. Ou plutôt le contraire : K-Tie croyait être la jumelle maléfique de Marie-Françoise. Ceci malgré les années qui les séparaient et malgré le fait qu'elles n'avaient pas la même mère. C'est d'ailleurs une partie de la justification très faible que K-Tie avait avancée pour teindre sa magnifique crinière blonde en mauve : se différencier de Marie-Françoise.

Soudain, mon amie a arrêté tout mouvement : elle venait d'apercevoir sa frangine. Son regard s'est durci alors qu'elle fixait la petite qui avait tout ce qu'il lui manquait. K-Tie a un côté sombre qui me fascine autant qu'il m'inquiète. Je me suis informé :

— Vas-tu lui parler, un jour?

— Sais pas. Pas sûre. Pas sa faute si son père est un con.

Si mon amie avait probablement hérité du regard glacial de son père, elle avait surtout le bon cœur et les valeurs de sa mère, Alexia. Bien sûr, Alexia a été danseuse exotique pendant la majeure partie de l'existence de sa fille. Cependant, elle a beaucoup plus d'allure que bien d'autres parents, même universitaires! K-Tie n'a jamais manqué d'attention ni d'amour. Bon, j'avoue qu'Alexia aurait pu être un peu plus sévère par rapport aux tatouages, aux piercings et aux cheveux mauves, mais ça n'en fait pas une mauvaise mère pour autant. Bien au contraire. Et Alexia a eu la délicatesse de ne jamais imposer de mec à K-Tie, contrairement à ma propre génitrice…

Brusquement, K-Tie s'est redressée en sifflant :

— C'est elle… la sorcière !

J'ai suivi la direction de son regard. Une femme magnifique (si vous aimez ce style) venait d'entrer dans l'enceinte de la cour d'école pour récupérer sa fille, soit Marie-Françoise. La nouvelle venue était sculpturale avec une attitude hautaine frisant le mépris. En fait, je crois que c'est à ça que Barbie ressemblerait si elle était humaine. Même de loin, on pouvait voir que *lamadame* avait de l'argent. D'ailleurs, d'après ce qu'en savait K-Tie, la nouvelle femme de son père venait d'une famille très riche, très bourgeoise et très Plateau-Mont-Royal ou Westmount. On l'imaginait aisément enfiler son collier de perles au saut du lit, chaque matin, tout de suite après avoir revêtu l'un ou l'autre de ses éternels *twin-sets* en cachemire pastel. Ceci, sans oublier les cheveux toujours impeccables, le maquillage irréprochable et les injections mensuelles de Botox. De toute évidence, cette femme n'accepterait jamais la présence d'une danseuse sous son toit ni celle d'une fille de danseuse.

Il était l'heure de reprendre la route. J'ai remis ce qu'il restait du maïs soufflé dans mon sac à dos et on a quitté le parc. K-Tie réfléchissait.

— J'aimerais donner un cadeau à Marie-Françoise.

— Pourquoi?

— Pas sûre. C'est un sentiment. C'est ma sœur, après tout. Je travaille… J'ai de l'argent… Je veux lui offrir quelque chose.

L'autobus arrivait. On s'est trouvé une place, et chacun de notre côté, on a gardé le silence pendant tout le trajet. On a débarqué à l'arrêt, à 500 m de nos maisons qui sont voisines. On s'est souhaité bonne soirée. Alors que K-Tie était en train de déverrouiller sa porte d'entrée, j'ai eu une idée.

— K-Tie?

— Quoi?

— Tu penses qu'elle aimerait avoir un poisson rouge?

3

Première faille

Je ne sais trop comment j'ai laissé une telle chose se produire, mais mon iPod était déchargé, ce qui fait que j'entendais ce qui se passait dans la maison. Par contre, pour éviter d'interagir avec ma mère et Rémi, j'avais gardé mes écouteurs sur mes oreilles pendant le souper, hochant ma tête au rythme d'une musique imaginaire. Au début du chapitre Rémi, ma mère avait insisté pour qu'on soupe ensemble, «en famille», et elle me faisait enlever mes écouteurs. Heureusement, elle s'était lassée de faire la police et avait cessé d'intervenir, ce qui me convenait tout à fait.

J'étais donc en train d'enrouler mon spaghetti autour de ma fourchette, un dimanche soir, quand tout a commencé. Ma mère, une *freak* de la propreté, avait voyagé dans la voiture de Rémi durant la journée. Or, elle semblait un peu mal à l'aise, mais gardait le sourire, tout comme son chum. J'imagine qu'ils faisaient ça pour mon bénéfice, croyant que je n'entendais rien.

Ma mère : « Rémi, je voulais te parler de quelque chose. »

Rémi : « Oui, mon petit suçon adoré. » (Beurk, dégoûtant…)

Ma mère : « C'est un peu délicat, mais… ta voiture, elle… elle… »

Rémi : « Elle a quoi, ma voiture, mon petit champignon en sucre ? » (Ce qu'il peut être con, ce type ! Qu'est-ce que ma mère lui trouve ?!)

Ma mère : « Ben… est-ce que tu aimerais que je la nettoie ? Me semble qu'il y avait une drôle d'odeur dedans. Quelque chose qui ne me revient pas… »

Rémi : « Ah ? Tu trouves ? J'avais pas remarqué. Non, non, c'est correct, je vais m'en occuper. Je ne voudrais pas que ma petite guimauve grillée s'abîme les mains en nettoyant mon auto. » (Je sens un peu de bile monter… Tout à coup, le spaghetti ne descend plus, il veut remonter…)

Ma mère : « Tu es sûr ? Ça me ferait vraiment plaisir, tu sais ! »

Rémi : « Tut… tut… tut… C'est tout décidé. Je m'en occupe demain après le travail. »

La discussion au sujet de la voiture étant close, ils ont commencé à se susurrer des petits mots doux, remplis de promesses évoquant tous les trucs dégueulasses qu'ils voulaient se faire mutuellement. J'avais l'impression d'être invisible. En très peu de temps, j'en ai eu assez. Je me suis levé d'un coup sec lorsque Rémi a dit : «Je veux étaler du sirop d'érable sur ta…» Je ne l'ai même pas laissé terminer sa phrase, j'ai débarrassé ma place à la vitesse de l'éclair et j'ai détalé comme un lapin vers la cuisine, prétextant un vague travail à compléter.

Je me suis branché directement sur l'ordi pour avoir au plus tôt de la musique dans les oreilles. Led Zep, c'est ma drogue, mon doux opiacé qui me permet de relaxer et de m'évader. Certes, il cause peut-être une légère dépendance, mais celle-ci me semble très saine et les effets secondaires sont à peu près nuls. Je me suis étendu sur mon lit et j'ai fermé les yeux tandis que les premières mesures de *Stairway to Heaven* m'enlevaient.

Nul besoin de décrire le saut que j'ai fait quand K-Tie m'a touché, alors que Robert Plant chantait, avec toutes ses tripes :

*And as we wind on down the road
Our shadows taller than our soul*

There walks a lady we all know
Who shines white light and wants
to show...

J'imagine qu'elle avait essayé de me parler, mais mes écouteurs coupaient tout bruit extérieur. K-Tie avait l'air d'une enfant qui vient de faire un mauvais coup sans se faire prendre. Elle s'est assise sur le bord de mon lit en me disant :

— Devine !

Comment ça, devine ? Je me suis assis à mon tour, disposant les oreillers dans mon dos pour être plus à l'aise. Elle souriait à pleines dents.

— K-Tie, ça va me prendre quelques indices, OK ?

— Pas tout de suite... Essaie, au moins !

— Euh... tu as acheté quelque chose !

— Non !

— Volé quelque chose ?

— Ben non, niaiseux !

— Tu as parlé à ta sœur !

— Non plus !

— Ta mère a recommencé à danser ?

— Pfff... C'est fini, cette époque-là ! De toute façon, elle n'a plus le corps qu'il faut, la pauvre ! À bien y penser, elle ne s'est jamais complètement remise de son horrible prise de poids, il y a plusieurs années, tu t'en souviens, quand elle avait dû être hospitalisée et que j'étais restée chez toi pendant trois semaines?

— OK, donc c'est pas Alexia... Ah non! Dis-moi pas que TOI, tu commences à danser?

— T'es vraiment nul, tu sais? Sois sérieux...

— Tu es revenue à tes sens et tu vas te teindre en blonde? Je suis tellement content parce que, personnellement, le mauve, c'est pas ma couleur préférée...

K-Tie a roulé les yeux vers le ciel en soupirant d'exaspération, mais ça n'a pas duré. Elle était trop heureuse. Son sourire ne voulait pas disparaître.

— OK, si t'es pas pour te donner la peine de trouver, je vais t'aider.

Alors, elle a commencé à remonter sa jupe pour dévoiler sa cuisse. Je ne sais pas ce qui m'a pris, mais je l'ai tout de suite arrêtée.

— Wo! Attends, attends, attends... Qu'est-ce que tu fais là?!

Elle s'est immobilisée, a pouffé de rire, puis m'a regardé droit dans les yeux:

— Charles Belzile, il va falloir un jour que tu oses approcher une fille! Si tu continues de même, tu vas finir puceau. Je me mettrai pas toute nue, inquiète-toi pas! Quoique... une petite vite, ça te tente pas, mon beau Charlot?

J'ignore quelle poussée d'adrénaline a pris possession de mon corps, mais j'ai bondi à côté du lit, trébuchant dans mes pieds et m'affalant sur mon humble postérieur dans un bruit d'enfer. Alors que K-Tie se tordait les boyaux, les larmes coulant sur ses joues, j'ai entendu ma mère crier, du bas de l'escalier :

— Ça va, en haut ? Pas de *tiguidihaha* dans ma maison, vous le savez, les enfants !

K-Tie riait de plus belle en imitant ma mère :

— *Tiguidihaha ?* Tordant !

En fait, K-Tie et moi, on est amis depuis qu'on sait marcher, ou à peu près. Elle aurait pu être un gars que ça n'aurait pas fait grand différence pour moi. D'ailleurs, elle-même me confie tous ses secrets, ses peines d'amour, ses expériences charnelles (avec beaucoup trop de détails, si vous voulez mon avis...), comme si j'étais son amie de fille. Bref, en ce qui nous concerne, le sexe ne fait pas partie de l'équation. Et même si je sens parfois des papillons quand elle est proche de moi, elle ne sera jamais ma copine. C'est juste que j'ai beau ne pas aimer les cheveux mauves, tolérer les piercings et les tatouages (même l'infâme *Mother Pucker*), je reste un Homo sapiens mâle de 15 ans, c'est-à-dire un tsunami d'hormones !

— Niaise pas, K-Tie !

— OK, OK, je me calme. Sérieusement, ce que je veux te montrer, c'est sur ma cuisse. Donc, panique pas, ça n'ira pas plus loin que ça. Tu ne verras même pas mes bobettes, promis-juré-craché!

— Pas un autre tatouage? Me semble que tu en as assez…

— Non, je te le jure, ce n'est pas un tatouage. Juge pas, OK? Ça va être *full* beau dans une semaine…

Je me suis approché alors qu'elle prenait une grande inspiration en relevant sa jupe. Sur environ 15 cm^2, sa cuisse était rouge et horriblement tuméfiée. De toute évidence, elle avait saigné abondamment. Mon cœur a fait une triple vrille d'empathie dans ma poitrine. Pour être honnête, je ne comprenais pas vraiment ce que je voyais.

— Oh mon Dieu! K-Tie, c'est quoi? Tu t'es fait attaquer?

J'avais momentanément oublié sa joie de me présenter… ça. Elle a recouvert sa cuisse d'un coup sec, morose tout à coup, laissant échapper un petit rire amer.

— Attaquer? Qu'est-ce que tu dis là? Ben non! C'est un artiste qui a fait ça. Ça m'a coûté une fortune.

J'avais besoin qu'elle m'explique.

— C'est une scarification. Je me suis fait entailler un phœnix…

Je lui ai demandé de me montrer de nouveau sa blessure. Au cœur de la peau boursouflée apparaissait bel et bien l'oiseau de feu, symbole de longévité ayant la capacité de renaître de ses cendres. Je ne savais que dire. Après les cheveux mauves, les tatouages et les piercings : la scarification ? Ça me semblait douloureux, barbare, pire que tout le reste. K-Tie m'inquiétait. Elle attendait ma réaction avec une crainte visible, malgré sa carapace de dure à cuire.

— Ça fait mal ?

Je l'ai vue soupirer de soulagement.

— Oh que oui ! Plus que tout ce que j'ai fait avant ! C'est horrible !

Elle m'a parlé des précautions qu'elle devait prendre pour que ça guérisse bien. En l'écoutant, je m'efforçais de me rappeler que j'étais son ami et que c'était mon devoir de la soutenir, mais j'avoue que j'arrivais de moins en moins à comprendre ce qui la poussait à meurtrir ainsi son corps. Pour tout dire, je ne me sentais pas très bien dans mon rôle, que je parvenais difficilement à cerner. Il faut croire que j'ai été convaincant, parce qu'une demi-heure plus tard, K-Tie est partie avec ce qui me semblait un cœur léger. Je lui ai tout de même fait promettre de suivre à la lettre les consignes «médicales» de son artiste. Aurais-je dû en parler à Alexia ? Ou à un autre adulte ? J'étais tellement perdu dans mes pensées que j'ai oublié de remettre de la musique. J'ai donc entendu le cri de panique de ma mère :

— OH MON DIEU ! Rémiiiiiiiii ! Charlooooooooot ! Viiiiite !

J'ai descendu l'escalier quatre à quatre, m'attendant au pire. Elle était debout devant l'aquarium, sanglotant.

— Le pauvre petit! Il est mooooooort!

En effet, un poisson rouge flottait sur le dos, aspiré rythmiquement vers la grille du filtreur contre laquelle il était condamné à rester… éternellement.

— C'est Flocon, mon préféré! Qu'est-ce qu'on va faire?

Je me suis retenu de proposer qu'on le *flushe* allègrement. Et comme ma mère n'en finissait plus de se lamenter, Rémi l'a prise dans ses bras et s'est mis à lui caresser la nuque comme un automate en répétant:

— Là, là… ça va aller, Céline. Là, là…

Une grande tristesse défaisait le visage de mon beau-père. Il fixait l'aquarium comme si ce dernier contenait ses propres enfants.

J'ai tourné les talons pour remonter dans ma chambre. Finalement, ils se méritaient peut-être. Tous les deux gagas pour des poissons: qui l'eût cru? Surtout qu'il en restait 49 dans l'aquarium! Dans le fond, un de plus, un de moins… À mes yeux, les carassins dorés étaient tous identiques, insignifiants, ennuyeux à mourir!

4

Premier contact

Ce jour-là, j'étais assis dans le fond de la cafétéria, à l'école, en train de dessiner. C'est sûr que ma vie serait plus *cool* si j'avais la stature d'un quart-arrière, les abdos d'un pugiliste ou la gueule d'un rocker, mais non. Je suis un artiste… genre, le physique ingrat de l'adolescence en prime. Je fais des portraits réalistes. Crayons à mine, gomme, papier. Je ne suis pas compliqué, pas très exigeant. Je m'accommode de très peu de matériel. J'aime aller chercher le petit éclat dans les yeux, l'essence des gens et déposer l'ensemble sur la feuille…

Tout ça pour dire que j'étais en train de faire le portrait de Marlène, la caissière à la cafétéria. Elle occupe ce poste depuis une quinzaine d'années. Rien qu'à l'observer, on voit la résignation qui l'habite, de même qu'une certaine sérénité chèrement payée. On sent qu'elle a aspiré à faire autre chose dans sa vie que de servir des adolescents baveux cinq jours par semaine, mais que le destin en a décidé autrement. Je me souviens qu'un lundi où j'avais eu une nausée particulièrement désagréable, elle m'avait préparé un bon bouillon au poulet avec des biscuits soda. J'avais tout de même raté la période après le dîner, question de me remettre un peu. Alors, on avait jasé. Elle m'avait raconté son rêve déchu : celui d'être journaliste. Un rêve que son père avait tué dans l'œuf en affirmant que personne ne voudrait gaspiller du temps d'antenne avec la grosse face laide de sa fille dyslexique. Il avait si bien enfoncé le clou que Marlène s'était effondrée. Malgré tout, elle avait timidement tenté sa chance pour percer, mais en vain. Humiliée et blessée, elle n'avait plus osé essayer, abandonnant ses études du même coup pour se réfugier dans la sécurité abrutissante de la cafétéria. Elle ne s'était jamais mariée, convaincue qu'aucun homme n'arriverait à aimer «sa grosse face». Pourtant, elle a les plus beaux yeux que j'aie jamais vus, animés d'une gentillesse infinie. D'un bleu presque mauve, à la Elizabeth Taylor.

Un jour, je lui en ai fait la remarque. Elle a rougi jusqu'à la racine de ses cheveux d'un brun terne. Elle a soupiré, troublé, en s'exclamant :

— Elizabeth Taylor, Charlot ? Franchement ! Tu dis vraiment n'importe quoi! Tu voulais plutôt dire les yeux de Dumbo, avec oreilles assorties... T'as pas remarqué? Elizabeth Taylor... Pfff! J'aurai tout entendu!

Puis elle s'est levée rapidement, essuyant une table par-ci, par-là en se frayant un chemin jusque derrière le comptoir d'où elle n'est plus ressortie. Depuis, elle et moi avons un petit lien secret. Je l'aime bien, Marlène. Elle est comme une tante pour moi, ou quelque autre parente éloignée qu'on a plaisir à voir...

J'étais donc en train de la dessiner pour lui prouver sa ressemblance avec l'actrice à laquelle je l'avais comparée. J'étais même déterminé à transgresser ma propre règle en ajoutant une touche de couleur à mon œuvre : du bleu pour ses yeux. J'allais utiliser du pastel sec. J'étais complètement absorbé par ma tâche quand j'ai été interrompu sans un gramme de délicatesse. C'était évidemment K-Tie. Allez savoir pourquoi, mais j'ai parfois cette impression d'être le pilier solide et fiable au cœur d'un chenil rempli de chiots hyperactifs et gauches dans leur enthousiasme. En tête de la meute : ma mère et K-Tie...

Mais revenons-en à l'affaire qui nous intéresse... Coupé du monde grâce à mes valeureux écouteurs, je ne voyais que les lèvres de mon amie s'agiter à une vitesse infernale. Elle était visiblement très excitée. Sachant à l'avance que je devrais la faire redescendre encore une fois d'un de ses incroyables plans à cinq cennes, j'ai pris mon temps pour déposer mon crayon, arrêter ma musique et retirer mes écouteurs. Elle n'avait pas cessé de parler. J'ai commencé à l'entendre au beau milieu d'une phrase qui voulait tout dire :

— ... enfin pouvoir lui donner un poisson ! Hiiiiiiiiiiiiiiii ! Réalises-tu, Charlot ?

Elle sautait partout comme une enfant au matin de Noël. J'ai soupiré avant d'embarquer dans l'échange.

— Ralentis, K-Tie ! Respire. On recommence ! Tu vas pouvoir donner un poisson à qui ?

— Tu me fais suer, Charles Belzile, le sais-tu ? *Man* que tu as le don de péter ma bulle ! Tu peux pas écouter, des fois ? Toi pis ton esprit d'iPod, décroche, *man* ! Je te dis que je vais enfin pouvoir rencontrer ma *doppelgänger* ! J'ai trouvé une façon. Ça n'a pas été facile, mais ça va fonctionner. En plus, c'est tout à fait légal. Personne va capoter, la reine des glaces le saura même pas. On va faire ça après-demain ! Tu apportes le poisson à l'école, on va y aller après la première période, c'est tout organisé ! Mets-le dans un petit plat, oublie pas la nourriture. Donne-lui un peu plus de bouffe pour le voyage. Ça stresse-tu, des poissons en autobus ? Y nous fera pas le coup de la picote du poisson, toujours? Peut-être qu'on va pouvoir y aller en auto, mais c'est pas certain. Ça va dépendre de la femme de Miguel, le surveillant, tsé celui qui est *cool*, qui s'occupe du vestiaire des filles? Ah! C'est vrai, tu peux pas le savoir, tu viens jamais dans le vestiaire des filles! Hi! Hi! Bref, sa femme est sur le bord d'accoucher. Si elle peut juste se serrer les cuisses pendant 48 heures, on va être en voiture… c'est vraiment le cas de le dire! Hi! Hi! Il va nous mener, il va revenir ici, à l'école, il va faire sa *job* toute-toute-toute la journée, puis il va revenir nous chercher à 17 h. J'ai dit 17 h parce que je ne veux pas qu'on prenne le risque de croiser la reine mère, qui arrive toujours au service de garde à 17 h 32, comme tu le sais si bien… Hi! Hi! En fait, non, à bien y penser, on n'a pas besoin de Miguel le soir, on peut très bien prendre l'autobus. On n'aurait plus le poisson, c'est pas grave, c'est même très chouette : la petite l'aura, elle aura son cadeau, son tout premier cadeau de moi et moi, j'aurai une sœur, une vraie de vraie! Yééé!

J'étais complètement étourdi. K-Tie pouvait être aussi taciturne que se transformer en moulin à paroles. Parfois, je me demandais si certaines substances illicites n'étaient pas la cause de ses épisodes d'hyperactivité verbale. Elle m'avait toujours juré qu'elle ne touchait pas à ça, mais j'avais des doutes. Pourtant, je voulais tellement croire qu'elle était *clean*. Ça m'arrachait le cœur de savoir que K-Tie pouvait flirter avec le monde de la drogue. Reste qu'après son discours endiablé, je la trouvais à la limite de l'incohérence.

— K-Tie, ralentis, tu me perds. Tu veux donner un poisson à ta sœur, c'est bien ça? Et Miguel va peut-être t'accompagner. J'ai bien compris?

Elle acquiesçait vigoureusement, les yeux brillant d'une fièvre qui me semblait provoquée par autre chose qu'un smoothie vitaminé.

— Miguel va NOUS accompagner. Tu viens avec moi, *my brother from another mother!*

Je n'étais pas particulièrement emballé par cette idée, mais surtout, j'avais d'autres questions. Comment? Pourquoi? Qui avait permis cette rencontre? Finalement, K-Tie m'a tout expliqué. Son projet avait été rendu possible par l'entremise du programme d'orientation de l'école auquel elle s'était inscrite en prétendant vouloir faire un stage en milieu professionnel au service de garde de l'école de sa sœur. Pire encore: elle avait convaincu la conseillère que moi aussi, je voulais devenir technicien en service de garde et que TOUS LES DEUX, on voulait passer la journée à moucher des ti-culs.

— Mais… K-Tie, je suis en 4e secondaire et toi, en 5e. En principe, nos stages ne peuvent pas être en même temps. Comment tu as fait? Dans le fond, ce n'est même pas important. Il faut que je te le dise : les services de garde et moi, c'est *niet*! Les mômes me rendent malade. Pas intéressé, mais pas du tout!

Il y a eu quelques secondes de silence (enfin!), mais cela n'annonçait rien de bon. Une vague d'émotion a submergé K-Tie et mon amie, la rebelle dure à cuire tatouée, percée et même scarifiée, s'est littéralement liquéfiée devant moi. Des larmes noyaient ses yeux et faisaient dégouliner sur ses joues pâles son mascara plus noir que noir. J'étais décontenancé. K-Tie ne pleurait jamais. Elle payait pour se faire taillader, tatouer ou percer aux endroits les plus sensibles de son anatomie sans jamais manifester le moindre inconfort. Ses yeux ne devenaient même pas humides. Je le savais, car je l'avais accompagnée à quelques reprises, notamment quand elle s'était fait tatouer des roses (un rosier quasiment complet, épines incluses) sur les côtes. Ayoye! Elle avait été brave et avait tout enduré (quatre longues heures!) sans se plaindre.

Bref, elle m'a semblé bien vulnérable, tout d'un coup. C'est alors qu'elle a pris ma main, qu'elle a plongé son regard dans le mien et qu'elle a prononcé cette petite phrase : «S'il te plaît...»

Bien sûr, j'ai été incapable de refuser. Puis j'ai essayé de l'encourager en tapotant son épaule, bien maladroitement. En vérité, je voulais la serrer dans mes bras, mais K-Tie et moi, on ne fait pas ça. Elle a reniflé un bon bout, s'est essuyé les joues tant bien que mal avec ses doigts aux ongles rongés et au vernis noir écaillé, puis elle a éclaté d'un grand rire. Elle m'a fait une *bine* sur le bras, puis s'est éloignée de moi en lançant : « T'es *cool*, Charlot, t'es *cool*… »

Perplexe, vous dites ? K-Tie m'inquiétait de plus en plus. Était-ce mon imagination ou vacillait-elle en marchant ? La cloche qui indiquait le début du prochain cours a sonné, m'extirpant de ma réflexion. J'ai ramassé à la hâte mon matériel de dessin pour ne pas arriver en retard, saluant brièvement Marlène en sortant de la cafétéria.

Je suis resté à l'école à la fin de la journée pour travailler sur les décors du prochain spectacle (un concours de talent), qui aurait lieu dans une quinzaine. Quand je suis rentré chez moi, Rémi et ma mère discutaient, mais le ton semblait plus intense que d'habitude. Je n'étais pas certain si je devais les saluer pour bien marquer mon arrivée ou monter directement dans ma chambre sans me manifester. J'ai choisi la dernière option, ce qui m'a donné tout le loisir d'entendre leur échange sans qu'ils se censurent ou jouent leur rôle d'adultes responsables.

Rémi : «Qu'est-ce que tu veux dire : je pue?»

Ma mère : «C'est clair, non? Ton char sent la charogne, pis toi, tu pues de la bouche. J'peux pas endurer ça, c'est pas propre! Tu m'avais dit que tu nettoierais ton auto, mais j'ai ouvert la portière, tantôt, et c'est pire que dimanche!»

Rémi : «Ben voyons donc, mon petit caramel mou! Je suis allé au lave-auto. Ils ont lavé mon véhicule à la main, intérieur et extérieur. Je le sais : je les ai vus faire! Ils ont même accroché un petit sapin à la vanille après le rétroviseur (il prononçait *vanile,* comme les Anglais).»

Ma mère : «*Vanille*, Rémi, pas *vanile*! Ça rime avec vrille, pas avec ville! Pis ton petit sapin, il rend juste la puanteur de ton char plus sucrée. Rien qu'à y penser, j'ai le goût de vomir. Pis ton dentifrice, est-ce qu'il est à la vanille, lui aussi? Va voir le dentiste, achète-toi

43

de la menthe, de la gomme, du rince-bouche, n'importe quoi! Fais quelque chose, Rémi, parce que toi et moi, ça marchera pas, je te le garantis. Faut que ce soit propre, faut que ça sente bon, faut pas que ça traîne. C'est non négociable. Je ne peux pas vivre autrement. Je suis désolée...»

Puis j'ai entendu ma mère quitter la pièce pour se réfugier dans sa chambre. Ouais, il semblait bel et bien y avoir de l'eau dans le gaz. Je l'avoue, j'étais triste pour ma mère. Ben... peut-être pas vraiment triste, mais je ressentais une sorte de compassion. C'est sûr que je ne souhaitais pas son malheur, mais Rémi? *Come on!* On aurait été mieux avec un vrai caniche! À tout le moins, mon plan semblait fonctionner. J'aurais peut-être dû m'écouter et garder les boîtes du déménagement? À ce rythme-là, Rémi allait se faire remercier de ses services avant la fin du mois. Et hop! Sixième beau-père aux ordures!

Il était donc temps de passer à la seconde phase de mon projet *Rémi, over and out...* Mais avant, il fallait récupérer le sac de vomi caché dans le coffre à gants de la voiture de «l'homme de la maison». En d'autres mots, j'ai dû régler mon alarme à 3 h du matin pour subtiliser discrètement les clés d'auto de Rémi, reprendre le sac et le mettre dans le bac à ordures, à l'extérieur, pendant que tout le voisinage était endormi. Je n'ai pu m'empêcher de grimacer en ouvrant la portière : l'odeur était absolument horrible! Ma mère avait tout à fait raison. Quant à moi, je me suis difficilement retenu de dégobiller directement sur le volant du beau-père. À bien y penser, comment se faisait-il qu'il ne sentait pas cette odeur nauséabonde? Mystère. Sa mauvaise haleine avait peut-être brûlé ses cellules olfactives...

5

Un poisson en cavale
et des crevettes

Fort heureusement, chaque matin, ma mère et Rémi quittent la maison avant que je prenne l'autobus pour aller à l'école. Je tiens à préciser que je ne fais jamais l'école buissonnière, cela ne tombe pas dans mes cordes, c'est pourquoi Céline me fait confiance sur ce plan.

J'apprécie toujours ces moments de solitude chez moi, mais jamais autant que lorsque que j'ai de mauvais plans en tête… Or, ce matin-là, dès que le champ a été libre, je me suis affairé à cueillir un poisson pour Marie-Françoise. K-Tie avait effectivement réussi à me convaincre de l'accompagner au service de garde pour son premier contact avec sa demi-sœur. Bon, je n'avais vraiment pas le goût de faire semblant d'être en stage toute la journée, mais je ne pouvais pas laisser tomber mon amie, surtout dans son état du moment.

Je le dis et je le répète : K-Tie m'inquiétait. D'ailleurs, après l'incident de la cafétéria, j'ai trouvé le courage de lui demander si elle avait consommé quelque chose, mais elle a tourné le tout à la blague en disant :

— Oui, bien sûr! J'ai sniffé un poisson rouge sur l'heure du dîner! Tu stresses trop, Charlot.

Mais revenons à nos poissons. J'ai bien essayé d'en attraper un des plus fringants, mais ceux-là sont, évidemment, les plus rapides et donc impossibles à récolter. Celui qui s'est finalement laissé cueillir me semblait correct, ni au top de la forme ni à l'article de la mort. Je l'ai déposé délicatement dans un Ziploc déjà rempli de l'eau de l'aquarium, puis j'ai bien fermé le sac. J'avais préparé une petite dose de nourriture pour poisson à donner en même temps, un genre de trousse de départ, puis j'ai mis le tout sur un nid de papier de soie bien disposé au fond du sac cadeau que K-Tie m'avait fourni. On allait essayer de ne pas traumatiser la petite bête durant le transport. C'est fou, j'avais quasiment l'impression de m'occuper de mon bébé avant d'aller travailler… Toujours est-il que j'ai ensuite inséré précautionneusement le tout dans mon sac à dos duquel j'avais déjà retiré presque tous mes livres.

Enfin, le poisson était dans un sac qui était dans un sac qui était dans un sac! En espérant que le tout ne se transforme pas en sarcophage… Quelle horreur que d'offrir un poisson mort à une enfant! Que dire dans une telle situation, sinon lancer une blague style *fish and chips* : une frite avec ça?

Bref, j'ai fait de mon mieux pour que l'animal reste en vie, allant même jusqu'à marcher très lentement pour ne pas faire rebondir la petite bête. Je ne voulais pas lui donner le mal de mer en créant des vagues!

Tel qu'entendu, du moins je le croyais, K-Tie et moi avons assisté à notre premier cours, chacun de notre côté. Ensuite, on devait se rencontrer au bureau de la conseillère en orientation, Angélique. J'y étais depuis dix minutes, jasant de tout et de rien, un brin inquiet de ne pas voir apparaître mon amie. Elle n'allait tout de même pas me faire le coup de la fille qui disparaît! Je commençais à sentir ma pression monter. Ce n'était certes pas la première fois que K-Tie me plaçait dans une situation délicate… En attendant, Angélique me questionnait sur mes aspirations professionnelles, et j'essayais tant bien que mal de donner des réponses qui semblaient légitimes.

— C'est quand même rare, un garçon qui songe à travailler dans les services de garde. Qu'est-ce qui te motive à vouloir fréquenter ce milieu, Charles?

C'est moi ou bien son regard était vraiment plein de préjugés? Ben oui, un gars qui aime s'occuper des enfants, ça se peut! Je ne sais pas pourquoi, mais tout à coup, rien ne me paraissait plus important que de justifier mon choix, d'argumenter (merci à mes profs de français de m'avoir enseigné la réfutation), de convaincre Angélique de la pureté de mes intentions. Bref, je me suis défendu corps et âme jusqu'à ce qu'un sourire fleurisse sur le visage de la conseillère, satisfaite de mon laïus : mission accomplie. En même temps, un silence lourd est tombé, à peine dérangé par le tic-tac de la vieille horloge à aiguilles (toutes les commissions scolaires manquent d'argent, c'est clair : plus personne ne sait lire l'heure sur ces machins archaïques ! Faudrait songer à les remplacer…).

Le pire, c'est que Miguel est arrivé, prêt à nous donner un *lift* jusque dans Outremont. Re-silence. Vingt-trois minutes s'étaient écoulées depuis le dernier cours ; toujours pas de K-Tie. Angélique a eu l'idée géniale de vérifier auprès du bureau des absences. En effet, je n'avais pas vu K-Tie du tout ce matin-là. L'angoisse commençait donc à me gagner, avec cette lourde impression que mon amie n'avait peut-être pas été honnête quand elle avait nié consommer de la drogue. Et si elle avait fait une *overdose* ? Je ne me le pardonnerais jamais. Au téléphone, Angélique a froncé les sourcils :

— Ah non ? Bizarre… Bon, d'accord, merci.

Puis elle a raccroché en confirmant ce que je savais déjà instinctivement : K-Tie ne s'était pas présentée à l'école. Aussi poliment que possible, j'ai baragouiné quelque chose pour dire que j'allais l'appeler pour vérifier. J'ai composé le numéro, fébrile. La sonnerie me paraissait interminable. Dring après dring après dring… Je sommais intérieurement mon amie de répondre : «Allez, K-Tie, réveille-toi! Décroche!»

Rien. Et comme le répondeur n'embarquait pas, mon cœur faisait une triple vrille à chaque nouvelle sonnerie. Quelque chose avait dû se passer, je le savais. K-Tie n'aurait pas manqué l'occasion de rencontrer sa sœur pour tout l'or au monde. Je sentais un brin de panique m'envahir. Je m'apprêtais à couper la ligne et à demander à Miguel de me conduire chez mon amie immédiatement quand un martèlement de pas accélérés a retenti dans le corridor. J'ai bondi hors du bureau pour voir : c'était bel et bien K-Tie. Mais en même temps, ce n'était pas K-Tie. En effet, plus elle approchait, plus je découvrais une nouvelle fille, le «détail» le plus évident étant la couleur de ses cheveux, qui étaient maintenant acajou.

Elle se frottait furieusement le front, à la base de la ligne capillaire. Enfin arrivée, elle a bredouillé :

— Je… je m'excuse du retard.

Je n'en revenais pas : elle s'était débarrassée de cet horrible lilas malade qui donnait l'impression qu'un lapin de Pâques avait régurgité sur sa tête. Constatant qu'on attendait tous une explication, elle a soupiré en levant les yeux vers le ciel, puis a déballé son sac :

— Je voulais avoir la tête de l'emploi, donc j'ai teint mes cheveux ce matin. Ça a été plus long que prévu… blablabla. C'est bon, là ? On peut y aller ?

Je ne pouvais empêcher un sourire niais d'éclairer mon visage. Un étrange sentiment de fierté m'avait envahi. On a aussitôt pris congé d'Angélique, et Miguel nous a guidés vers sa voiture. Alors qu'on marchait, K-Tie m'a assené un solide coup de coude dans les côtes.

— Arrête de sourire comme un imbécile, tu me fais peur. C'est juste pour un petit bout, OK ? Capote pas, je vais les teindre en vert la semaine prochaine.

J'ai rien dit, mais j'ai remarqué qu'elle y était allée mollo avec ses piercings. Elle avait l'air… normale, jolie même. Quoi, jolie ? Qu'est-ce que je disais là ?

— As-tu le poisson ?

J'ai tapoté mon sac à dos.

— *Yes*, madame !

On a été très bien accueillis au service de garde, malgré notre retard. Carole, la responsable, nous a rappelé qu'on était en observation, mais qu'on pourrait participer aux activités en fin de journée. Notre première tâche : surveiller les petits pendant le dîner. On avait le droit de les aider s'ils en avaient besoin, mais encore une fois, il s'agissait d'un stage d'observation. Quand les enfants sont arrivés, j'ai vu K-Tie sursauter en reconnaissant sa sœur. Je me suis approché de mon amie :

— Respire... Relaxe ! Ça va bien aller.

Elle a tiré machinalement sur la manche de son chandail pour recouvrir ses tatouages. Puis, avec ses doigts, elle a lissé ses cheveux sur son infâme «Mother Pucker». Elle est comme ça, K-Tie. Un genre de homard avec de grosses pinces et une carapace dure protégeant un cœur tendre. Ce jour-là, je revoyais clairement la fillette sensible qu'elle avait déjà été. Ça faisait du bien.

Le dîner s'est passé sans anicroche. Ensuite, les petits se sont dirigés à l'extérieur pour se dégourdir un peu avant que les cours reprennent. K-Tie n'avait toujours pas approché Marie-Françoise. Je lui ai demandé ce qu'elle attendait.

— Je sais pas quoi lui dire ! Les enfants pis moi, ça fait deux !

C'est sûr que le côté hérisson de mon amie n'avait rien d'invitant pour une gamine...

— Intéresse-toi à elle. Demande-lui ce qu'elle aime, si elle a des animaux, si elle fait du sport, de la danse, de la peinture...

Je ne me rappelle pas exactement ce qu'elle a répondu à ça, mais dans ma tête, ses mots ont sonné un peu comme : «Oh, j'sais pas... gna gna gna... et si... gna gna gna... et tout d'un coup que... gna gna gna...»

Ma pression a monté.

J'avais beau vouloir la soutenir envers et contre tous, ma chère K-Tie m'avait entraîné contre mon gré dans un SERVICE DE GARDE! J'ai-tu l'air d'une gardienne?! Je l'ai saisie par les épaules et me suis placé devant elle.

— Regarde-moi bien, Katherine Séguin. Depuis le temps qu'on espionne la cour d'école en mangeant du *popcorn* pour que tu puisses voir ta petite sœur, c'est pas aujourd'hui que tu vas te dégonfler, compris? Parle-lui, grouille! Tu ne m'auras pas deux fois pour venir jouer à la *super nanny!* Enwèye...

Motivée à bloc par mes bons soins, K-Tie s'est dirigée d'un pas ferme vers Marie-Françoise, qui attendait son tour pour s'exercer au ballon-poire avec ses amies. Je suis resté à distance, prêt à intervenir, mais ça m'a semblé bien aller. Après quelques minutes, K-Tie m'a fait signe de venir les rejoindre. Ne me demandez pas comment, mais je me suis retrouvé dans un tournoi de ballon-poire avec une gang de filles du primaire! Complètement fou. Elles ne se rendaient même pas compte que j'étais totalement poche à ce jeu. Pour elles, j'étais juste *cool* : un gars du secondaire, en chair et en os ! Ça n'en prend pas gros pour les impressionner à cet âge-là.

Plus rapidement que je ne l'aurais cru, la cloche a sonné et les éducatrices ont rassemblé les élèves pour les reconduire au vestiaire. Pendant ce temps, K-Tie et moi étions seuls dans le local du service de garde. K-Tie avait les joues rosies par l'air frais, ce qui était un look vraiment différent pour elle qui affichait généralement une mine de cadavre ambulant. Bref, je ne la reconnaissais plus. On aurait dit qu'elle avait rajeuni et je me sentais comme un grand frère protecteur. Elle jubilait.

— As-tu vu ça ? C'était total génial ! *Check* ton affaire, Tony (elle prononçait le nom de son père à l'anglaise) : tes deux filles vont devenir *best friends* ! On appelle ça «Comment faire chier son paternel 101». Il ne l'aura pas vu venir !

Encore une fois, je n'ai pu m'empêcher de remarquer que K-Tie avait l'air plus ou moins *high*. Pourtant, elle n'avait pas pu consommer durant les trois dernières heures où nous avions été soudés comme des siamois ! J'en ai donc conclu que les endorphines du bonheur avaient pris possession de son corps et, sa bonne humeur étant contagieuse, je me suis permis de tout simplement en profiter.

Au bout d'un moment, les éducatrices sont revenues, nous ont donné quelques conseils et nous ont dit qu'on avait du temps libre jusqu'à la fin des cours. Comme on n'avait rien à faire, j'ai sorti mon carnet de croquis et décidé de faire le portrait de K-Tie. Or, plus je l'observais pour coucher ses traits sur le papier, plus je me rendais compte d'une évidence qui m'avait échappé jusque-là.

Elle était vraiment belle, surtout sans sa crinière de vomi pastel et ses 42 bijoux dans le visage.

C'est à se demander si j'avais été aveugle toutes ces années.

✳

Sur le chemin du retour, on a fait le bilan de notre aventure. K-Tie volait toujours sur son nuage : ça avait vraiment cliqué avec Marie-Françoise. Mon amie affirmait même s'être trouvé une vocation auprès des enfants. Il faut dire qu'elle avait beaucoup souffert de solitude en grandissant. Étant donné que sa mère devait travailler le soir, K-Tie avait commencé à se garder seule bien avant d'être en âge légal de le faire. Toujours est-il que les enfants du service de garde l'avaient accueillie à bras ouverts et, objectivement, une fois la glace brisée, elle avait été bonne avec eux.

Seule petite ombre au tableau : on n'a pas pu offrir le poisson à sa sœur... pour cause de décès. En effet, l'animal n'avait pas survécu à la journée. Je ne sais pas précisément comment ça s'est produit, mais le Ziploc s'est fissuré et le poisson a manqué d'eau : c'est fou ce que ça peut puer, ces petites bêtes-là ! Mon sac, totalement imbibé de jus de poisson, sentait la mort… ce qui m'a donné une petite idée.

L'autobus nous a déposés à notre arrêt habituel. Avant qu'on se quitte, K-Tie m'a demandé :

— Pis, ta journée, pas trop pire ? Allez, avoue…

Je ne pouvais mentir, mais je ne voulais pas lui donner satisfaction. Alors, j'ai juste haussé les épaules et me suis éloigné sans dire un mot. On s'est dirigés chacun vers notre maison. Puis juste avant qu'elle n'ouvre la porte pour entrer chez elle, je lui ai enfin lancé, sourire à l'appui :

— Hey ! K-Tie ? Pas complètement horrible, ce stage… Bonne soirée !

Chez moi, c'était le festival des crevettes. Ma mère ne faisant jamais les choses à moitié, elle en avait acheté une tonne et avait expérimenté différentes façons de nous les faire avaler. Ainsi, elle avait préparé une bisque aux crevettes, un cocktail de crevettes et des crevettes flambées. Je suis certain que si elle avait pu faire des muffins aux crevettes, elle l'aurait fait. Ça sentait les fruits de mer jusqu'à l'étage!

Malgré tout, et comme j'avais passé une belle journée, j'ai accepté de souper en famille sans m'isoler dans mon monde musical à l'aide de Led Zep. J'ai même eu quelques discussions intéressantes avec ma mère et Rémi. J'étais vraiment de bon poil et j'ai offert de laver la vaisselle. Mon beau-père et ma mère ont alors rassemblé les déchets de crevettes dans un sac qui irait dehors étant donné l'odeur très coriace de ces crustacés.

Bref, après avoir rangé la vaisselle, je me suis dirigé vers la salle à manger pour m'occuper du sac rempli de carcasses. Coup de malchance, Rémi avait entrepris de séduire ma mère et ils se trouvaient dans une position un peu trop intime pour moi. En fait, ils ne se rendaient même pas compte que j'étais là et s'embrassaient à pleine bouche avec des bruits de succion juteuse très dégoûtants. Sans un mot et en détournant le regard, j'ai agrippé le sac pour aller le déposer dans le bac à ordures à l'extérieur de la maison.

Ma main était sur la porte. J'allais vraiment le faire, je le jure. Puis j'ai entendu un «Oh! Rrrrééémiiiiii!» qui m'a fait raidir les cheveux sur la nuque. Mes jointures étaient blanches à force de serrer le nœud du sac. J'ai aussitôt changé de direction pour me réfugier dans ma chambre, jetant rageusement le sac-poubelle dans le coffre au pied de mon lit.

Je ne peux vraiment pas expliquer pourquoi je détestais tant mon nouveau beau-père. Ce n'était pas l'idée de partager ma mère qui me révoltait. Au contraire, j'ai toujours souhaité qu'elle soit heureuse. C'est juste qu'avec Rémi, c'était viscéral. Je voulais qu'il dégage et je me promettais de trouver un plan créatif pour y parvenir.

Cela dit, ce soir-là, je me suis coupé de la réalité grâce à mes écouteurs. Un peu de Deep Purple. *Smoke On The Water*, avec son riff si caractéristique. Pas de meilleures drogues que la musique, ça c'est sûr. J'aurais tellement aimé en jaser avec mon père…

Le lendemain matin, la nuit m'avait porté conseil… D'abord, j'ai attendu d'entendre claquer la porte de la maison derrière ma mère et Rémi. Puis, agissant aussi précautionneusement que s'ils étaient encore là, j'ai sorti le sac de crevettes de mon coffre et je me suis dirigé vers la chambre principale, dans laquelle se trouvent deux placards, un de chaque côté de la lucarne. Un pour elle, un pour lui.

J'ai ouvert celui de Rémi.

En un coup d'œil à l'intérieur, j'ai tout compris : pas de classe, pas de goût. Tous les vêtements de Rémi étaient beiges, bourgogne ou marine. Non, mais qu'est-ce qu'elle lui trouvait ?! Impossible à comprendre. Par contre, c'était bel et bien moi qui avais installé toutes les tringles pour accrocher les vêtements dans tous les garde-robes de notre demeure. Je savais donc que chaque tringle était creuse. Ainsi, suivant mon idée, j'ai délicatement, mais rapidement enlevé tous les cintres sur lesquels étaient accrochées les frusques de Rémi (ça me donnait mal au cœur d'y toucher) pour les déposer sur le lit, en m'assurant de ne rien changer dans l'ordre, au cas où celui-ci aurait eu un «système» de classement, ce dont je doutais beaucoup, ma mère ne l'ayant pas encore mis à sa main.

En effet, ma mère attendait toujours quelques mois avant de tomber sur la tomate de ses amants pour les organiser, ce qui coïncidait souvent avec le moment où elle commençait à en avoir marre, où la lune de miel s'achevait, où la relation tournait au vinaigre. C'était habituellement durant cette période que je me mettais à rapporter des boîtes à la maison, discrètement, en vue du déménagement prochain du beau-père. À l'école, Marlène m'en donnait, de même que madame Dorion qui recevait les caisses de papier pour le service de photocopies.

Bref, j'ai dégagé la tringle de ses cintres, enlevé une des deux embouchures... et rempli le tube de carcasses de crevettes.

J'ai réinstallé le tout, effacé les traces de mon passage, jeté ce qu'il restait des crevettes (parce qu'il en restait) dans le bac à ordures dehors et me suis préparé pour aller à l'école.

J'étais satisfait.

6

Les multiples tâches du concierge

Samedi. Cour alimentaire des Galeries d'Anjou. Midi dix-huit. J'aurais donné n'importe quoi pour avoir mes écouteurs vissés sur les oreilles, le volume dans le plafond. Je me disais qu'en me concentrant assez fort, j'arriverais peut-être à imaginer une de mes bonnes vieilles *tounes*... quelque chose de CCR, de Deep Purple ou, bien sûr, de Led Zep... Au moins, en pensant à ce que j'aurais pu entendre d'agréable, je perdais l'essentiel du discours incessant de ma mère qui venait de dépasser la phase «lune de miel» de sa relation avec Rémi. Sans aucun doute, on en était déjà à la phase deux dite «je me demande ce que je lui trouve». Évidemment, ce n'était pas la première fois qu'elle et moi empruntions ce parcours. Mais là, je n'avais vraiment plus le goût. D'ailleurs, pour être honnête, je ne l'avais jamais eu. Vous comprendrez qu'entendre ma mère déblatérer contre mon nouveau père (qui n'est toujours que la saveur du mois) avec quelques pointes contre mon vrai père (l'irresponsable qui aurait dû être plus prudent avec son maudit camion), ce n'est pas une sinécure. La vérité est que quand ça fait son affaire, ma mère me traite comme son fils à qui elle peut donner des ordres, alors qu'à d'autres moments, elle me prend pour son psychologue.

Tout ça pour dire que je plissais un peu les yeux et que je contractais les muscles de ma tête au maximum, comme quand on essaie de débloquer nos oreilles en avion, question de voir et d'entendre Céline le moins possible. Je l'aime, ma mère, mais parfois, on dirait vraiment qu'elle a la maturité émotionnelle d'une moule. C'est épuisant, à la fin! Tout ce que j'entendais? *Bla, blabla, blablabla…* J'ai quand même attrapé un petit bout de phrase quand elle a dit:

— Ça me rend folle, pas toi?

— Oui, maman.

Puis elle continuait… et je reprenais le fil de mes pensées.

Je me demandais comment se portait K-Tie. En bonne adolescente en proie aux poussées d'hormones, elle m'avait confié ne pas avoir pu résister à la tentation de tout déballer à sa mère à propos de Marie-Françoise et du faux stage. Évidemment, Alexia avait pété une coche en bonne et due forme : « À quoi t'as pensé, Katherine Séguin ? Ton père a été archiclair : on n'approche pas sa nouvelle famille, sinon il coupe tout. On en a besoin de cet argent-là, comprends-tu ? Je n'ai pas le goût de retourner danser... de toute façon, personne ne m'engagerait, c'est évident ! »

Quand Alexia appelait sa fille « Katherine », il y avait de quoi s'inquiéter. K-Tie avait bien essayé de faire valoir son point de vue, de diminuer l'importance de la chose, Alexia avait tout de même paniqué. À croire qu'il y avait anguille sous roche. Après tout, K-Tie ne connaissait peut-être pas toute l'histoire ? N'empêche que sa mère lui avait fait promettre de ne plus jamais – JAMAIS – revoir Marie-Françoise...

De nouveau, j'entends ma mère, comme dans un obscur tunnel rempli d'écho : *blablabla, blabla, bla !*

— Charlot, je te parle ! Qu'est-ce que je devrais faire selon toi ?

Dure, dure, la réalité. J'avais complètement perdu le fil de l'histoire. J'ai dû opter pour une formule passe-partout.

— Euh... ben, tu as raison, c'est sûr. Lâche pas, je suis certain que ça va se placer.

Ma mère avait les yeux humides, le sourire naïf.

— Oui? Tu crois vraiment? Tu es un amour, Charles Belzile! Et tu as tout à fait raison: Rémi est une bonne personne. Il est à garder, celui-là, hein? C'est toi qui vois clair: je dois être plus patiente. Il faut que je mette de l'eau dans mon vin. Oh! Merci, merci, merci! Qu'est-ce que j'ai fait pour mériter un fils comme toi?

Là-dessus, elle s'est levée, en plein centre commercial, pour tenter de me planter un solide baiser sur la joue. Évidemment, je n'ai pas pu m'empêcher de la repousser en grognant un «M'man! J'ai pu cinq ans!» Les manifestations d'affection en public entre une mère et son fils adolescent, ce n'est pas ce qu'il y a de plus *cool*. Malaise. Et si quelqu'un avait vu? Le déshonneur total… OK, j'exagère un peu, mais quand même. Les adultes, ils ne comprennent pas à quelle vitesse des trucs comme ça se retrouvent sur les médias sociaux.

Bref, je me suis levé aussi, en mettant rapidement de l'espace entre elle et moi.

— Bon, on s'en va?

Sur quoi j'ai tourné les talons pour me diriger vers la sortie des galeries. Qu'est-ce que je lui avais supposément conseillé? J'avais cette impression d'avoir raté une belle occasion de creuser plus profondément le fossé naissant entre ma mère et Rémi. En effet, d'après la réaction de Céline, je l'avais encouragée à améliorer la situation, à travailler fort pour réparer ce qui était en train de se briser. Merde… J'aurais dû être plus attentif !

Lorsqu'on est arrivés à la maison et que je suis descendu de la voiture, j'ai soudainement entendu une voix céleste m'appeler et me faire douter de ma santé mentale. Est-ce que je commençais à avoir des hallucinations auditives ?

«Charlot ! Charlot ! Hé ho ! Charlooooot !»

C'est alors que j'ai reçu quelque chose de mou derrière la tête. Un ourson en peluche. Je l'ai ramassé et j'ai regardé vers le ciel. C'était K-Tie qui venait de me lancer le toutou de la fenêtre de sa chambre, à l'étage de sa maison. Elle riait et me faisait signe de la rejoindre.

Après avoir aidé ma mère à transporter les paquets, je suis entré chez K-Tie et me suis dirigé vers son antre. Sa mère n'était pas là. Plus je grimpais les marches, plus l'atmosphère me semblait saturée d'une boucane quelconque, doublée d'une horrible odeur florale à 1 $, comme si on essayait de masquer une puanteur avec une autre.

— K-Tie ? T'es toujours là ?

Comme de raison, elle n'est pas venue à ma rencontre. K-Tie et les conventions sociales, ça a toujours fait deux. J'ai donc cogné à sa porte en continuant de l'appeler. Aucune réponse. Non, mais, sérieusement, à quoi elle jouait ? J'ai cogné encore, plus fort. Toujours rien.

— K-Tie? J'entre, là… OK?… K-Tie?…
Merde à la fin!

J'ai ouvert la porte, doucement, comme si
j'appréhendais ce que j'allais trouver derrière.
Et j'avais bien raison…

K-Tie était couchée sur son lit, ses vêtements en voie d'être enlevés. Un pouilleux était
étendu sur elle (toujours vêtu, heureusement),
lui tétant le cou comme si sa propre vie en
dépendait. K-Tie avait un regard vague, perdu
même, avec un sourire niais plaqué sur le visage.
Au pied du lit, une fille que j'avais vaguement
aperçue à l'école fumait un joint. Elle admirait
la scène avec ses yeux rougis, hypnotisée, la
cervelle complètement embrouillée.

Que faire, bon sang, que faire? J'ai dû
rester là au moins une minute, complètement
paralysé. Dans ce genre de circonstances, c'est
très long, une minute, quoique pour les trois
autres personnes présentes, le temps n'avait
probablement plus de valeur. Se rendaient-ils
seulement compte que j'étais là? Et pourquoi
K-Tie m'avait-elle appelé? Elle savait que je
ne fumais pas et que je n'approuverais pas
qu'elle le fasse. Bref, sans dire un mot, je suis
sorti. J'ai descendu l'escalier très lentement,
l'esprit rempli de doutes, le cœur chamboulé.
Si seulement mon père avait été là. Il aurait
su quoi faire.

D'une marche à l'autre, une boule de feu
s'est formée dans mon ventre, nourrissant ma

colère et un profond sentiment d'injustice. Je ne pouvais me résigner à sortir de la maison : K-Tie ne m'avait-elle pas appelé ? N'avait-elle pas besoin d'aide ? Au pied de l'escalier, je me suis mis à marcher de long en large, passant rageusement mes mains dans mes cheveux. J'avais juste le goût de hurler en implorant le ciel ou les étoiles : «Mais qu'est-ce que vous me voulez, à la fin ? J'suis juste un ado de 15 ans, j'en ai rien à foutre de vos problèmes pis de vos amours dégoûtantes ! Prenez-vous en main, sacramouille ! »

C'en était trop. Ma mère et K-Tie. Les deux femmes de ma vie. Les deux personnes que j'aimais le plus au monde. Deux magnifiques désastres, et moi qui en avais marre d'être leur concierge et de ramasser leurs dégâts. La boule de feu a grossi, j'ai serré mon poing droit de toutes mes forces et j'ai fessé le mur. Si, si, le mur. J'y ai même fait un trou.

#Ça.Fait.Mal !!!!!!!

Quand j'ai vu le sang pisser sur mes jointures, j'ai vu rouge. Un cri primal s'est échappé de mon gosier et j'ai remonté l'escalier quatre à quatre. J'ai donné un méga coup de pied dans la porte qui s'est ouverte dans un vacarme tout en faisant un trou dans le mur. Décidément, c'était le thème du jour. Pour la suite des choses, je précise que je ne suis ni très grand ni très fort et que le *pot* rend mou alors que l'adrénaline rend fort. J'ai donc aisément agrippé le chignon du pouilleux pour finalement le pousser à l'extérieur de la chambre en criant :

— DEHORS! J'VEUX PUS JAMAIS TE VOIR ICI, COMPRIS?

Puis, comme j'étais bien échauffé, je me suis approché à dix centimètres du visage de la fille, j'ai écrasé son joint dans le cendrier qu'elle tenait, sans jamais lâcher son regard, et j'ai pointé la porte. Elle a roulé les yeux au ciel, très lentement, et elle a quitté la pièce tandis qu'on entendait sacrer le pouilleux qui avait déboulé l'escalier. La fille a alors éclaté d'un rire presque dément :

— T'es-tu correct, *man*? Maudit que t'es con! Bye, K-Tie, à lundi!

La porte d'entrée a claqué. Les fous étaient partis.

Sur le lit, mon amie s'était roulée en boule et elle pleurait doucement, sans faire de bruit. J'étais très en colère contre elle, mais ma rage s'est évaporée instantanément devant sa peine. Il n'y avait rien à dire, rien à faire. Elle savait déjà que, parfois, elle pouvait être carrément imbécile, inconsciente, imprudente, impulsive. Je me suis donc assis près d'elle, à la tête du lit, et je l'ai prise dans mes bras. Je l'ai bercée jusqu'à ce qu'elle s'endorme. Elle a dû murmurer au moins vingt fois «Je m'excuse… je suis trop conne…» avant qu'un sommeil chimique ne vienne la soulager.

Qu'elle était jolie une fois ses démons endormis! Le sommeil lui redonnait cet air angélique de l'enfance. J'ai soupiré. Il fallait que K-Tie reprenne le contrôle de sa vie... Avec toutes les précautions possibles, je me suis dégagé de son étreinte et je l'ai bordée. J'ai fait disparaître toutes les traces des substances qu'elle et ses «amis» avaient pu consommer. J'en ai peut-être oublié étant donné que je n'y connaissais rien. Enfin, j'ai rédigé une petite note que j'ai collée sur le miroir: «Appelle-moi. Il faut qu'on parle.»

Je refermais délicatement la porte de la maison lorsqu'Alexia est arrivée, les bras pleins de sacs d'épicerie. Évidemment, je lui ai offert mon aide. Ça faisait partie de mes tâches de concierge. Tout de même, je me suis éclipsé avant qu'elle ne remarque le trou dans le mur. Je n'avais pas le goût de m'expliquer. Je lui ai simplement dit que K-Tie avait un gros mal de tête, que je lui avais donné deux comprimés et qu'elle dormait.

Pour être franc, deux comprimés ne m'auraient pas fait de tort! Toutes ces histoires m'embrouillaient et la journée était loin d'être terminée. En effet, je me préparais à entrer chez moi quand j'ai croisé ma mère sortant de la maison comme une furie, en criant:

— ÇA PUE! J'en peux plus, Rémi! Fais quelque chose!

Sur quoi elle est montée dans sa voiture sans me voir, a fait vrombir le moteur et a détalé en faisant crisser ses pneus. Rémi était sur le perron, les bras ballants, la mine déconfite. Je l'ai entendu gémir : «Mais, Céliiiiine ! Je ne comprends pas !»

Il avait les yeux tristes, les sourcils en accents circonflexes comme un saint-bernard en peine. Je m'attendais à ce qu'il se couche en rond sur le paillasson en espérant le retour de sa maîtresse, la queue entre les pattes. Pendant quelques secondes, je me suis demandé s'il ne valait pas mieux que j'aille faire une marche, question de laisser la poussière retomber. J'ai même retenu mon souffle un moment, croyant que cela me rendrait temporairement invisible, mais Rémi m'a vu avant que je ne puisse détaler.

— Ah ! Charlot, mon garçon ! Viens ici, il faut que tu m'aides…

Non, mais, sérieusement ? Ma mère, K-Tie, Alexia… et maintenant Rémi ? Bon sang ! Ça ne finirait donc jamais ! Malheureusement, je ne voyais aucune porte de sortie. Rémi avait ouvert les bras et il s'attendait à ce que je lui fasse un câlin. Ce jour était infernal ! Je me suis résigné, la mort dans l'âme… Sur le perron, j'ai essayé d'éviter l'étreinte, mais Rémi était déterminé. Bref, il m'a serré bien fort dans ses bras, flattant tendrement mes cheveux, me répétant que ça irait, de ne pas m'inquiéter, qu'il n'était pas prêt à quitter la maison familiale, qu'il savait que j'avais besoin d'un père, que ma mère retrouverait ses sens… Je n'en finissais plus de ravaler la bile qui montait de mon estomac. Le nez enfoui dans son chandail beige, je respirais à plein nez le parfum de crevette fatiguée.

Sans comprendre ce qui se passait, je suis tombé dans l'eau verdâtre avec un *sploush* cauchemardesque. J'avais beau nager, je n'arrivais pas à remonter vers la surface. L'eau était boueuse et je ne voyais pas très bien. Je me débattais furieusement, sachant que dans très peu de temps, j'allais manquer d'oxygène. À quelques mètres de moi, j'ai aperçu un camion qui chutait à son tour dans l'eau, attiré vers la profondeur abyssale du lac. Une lueur émeraude provenait du ventre du véhicule et j'entendais un vieux classique *rock and roll* jouer au ralenti. Soudain, une douloureuse dose d'adrénaline a cruellement transpercé mon cœur : j'ai aperçu mon père dans la cabine du conducteur. Il frappait de toutes ses forces contre le pare-brise avec ses poings, avec ses bottes de travail. Il hurlait mon nom, je le voyais bien, les yeux agrandis par la terreur, chaque goulée d'eau visqueuse qu'il avalait noyant davantage ses pauvres poumons. À mon tour, j'ai crié d'horreur : «Papaaaaaa!» Il n'y avait rien à faire. Le camion sombrait rapidement, trop rapidement. J'ai arrêté de respirer. J'ai arrêté de me débattre et j'ai attendu, silencieusement, que la mort m'engouffre pour ensuite me guider vers mon père.

Tout à coup, une grande lampée d'air a envahi ma poitrine et je me suis réveillé brusquement.

J'étais vivant, le cœur en charpie, le visage noyé de larmes, le corps couvert de sueur, à bout de souffle.

Je détestais ce cauchemar récurrent qui me perturbait profondément.

Je savais que je serais incapable de me rendormir. J'ai donc allumé ma lampe de chevet et je me suis mis à dessiner la scène de mon rêve. C'était la première fois que j'arrivais à cerner aussi bien l'expression terrorisée de mon père et j'en étais parcouru de frissons incessants.

J'ai dessiné jusqu'à ce que l'aube chasse la noirceur effroyable de la nuit.

7

Le message du *Titanic*

Au petit matin, j'ai tout de suite senti que l'atmosphère de la maison était lourde. Sûr, l'odeur atroce qui se dégageait du placard de Rémi y était pour quelque chose, mais tout de même. Une mauvaise odeur pouvait-elle tuer à la longue? D'accord, je voulais bien me débarrasser du beau-père, mais pas à n'importe quel prix! À quel moment les effluves de carcasses de crevettes deviennent-ils toxiques? Peuvent-ils détruire les cellules du cerveau? Il était peut-être temps de mettre fin à la blague…

En attendant, j'ai décidé de me faire un petit sac pour passer la journée… ailleurs. N'importe où, mais pas dans la maison. J'en avais assez de jouer les concierges. Le hic était que je ne pouvais me réfugier en classe un dimanche. En effet, même si c'est difficile à admettre, les jours d'école m'apportent parfois un répit quand la situation dérape à la maison... et il m'arrive encore d'avoir hâte d'y aller!

Toujours est-il que, pour une fois, j'avais le goût de penser un peu à moi et de laisser chacun ramasser ses propres dégâts. À part les crevettes, évidemment. Ça, c'était tout moi, et ni Rémi ni ma mère ne savaient ce qui se passait, donc je m'en occuperais plus tard. Bientôt. Promis... Machinalement, j'ai mis un sac de chips, deux barres tendres et trois petits jus dans mon sac à dos, de même que mon matériel d'artiste. Il faisait relativement beau, donc j'éviterais probablement la pluie. Puis, sans plus réfléchir, j'ai cueilli trois poissons de l'aquarium et les ai déposés dans trois Ziploc avec de l'eau avant de les glisser dans mon sac à dos. J'ai laissé un petit mot sur le comptoir : *Travail à faire chez un ami. De retour pour le souper.* Puis j'ai quitté la maison sans faire de bruit. Rémi et ma mère n'avaient même pas pris leur premier café.

L'air était frais et avait un goût de liberté. Que ça faisait du bien! Tout en marchant, j'ai vérifié mon cell. K-Tie ne m'avait toujours pas texté. Qu'est-ce qu'elle attendait? En soupirant, j'ai pris un autobus au hasard, car peu m'importait où il allait. Je me sentais bohème : j'étais parti sur un *nowhere*.

Les nids-de-poule étant un problème majeur dans les rues de Montréal, il était carrément impossible de dormir dans le bus, d'autant plus que le conducteur avait le pied pesant. Je rebondissais sur le siège, convaincu que mes vertèbres étaient en train de s'agglutiner, peut-être pour de bon. Je ne savais pas où on était rendus, mais quand j'ai constaté qu'on s'approchait d'un parc sur le bord du fleuve, quelque part sur Notre-Dame, j'imagine, j'ai tiré sur la corde pour descendre. Puisque l'arrêt était un peu plus loin, j'ai dû défaire mon chemin pour retrouver le parc. À cette heure, il y avait peu de gens et j'avais l'embarras du choix pour m'installer. J'ai fini par m'asseoir sur un banc près de l'eau, en bas d'une légère pente qui créait de la distance avec la ville. N'eût été la vue des cargos gigantesques qui venaient cueillir de la marchandise dans le port pour la trimballer dans l'un ou l'autre des coins reculés de la planète, j'aurais pu me croire en pleine nature. Je me sentais tout petit.

L'ampleur des porte-conteneurs laissait deviner combien il devait être difficile de les manœuvrer. Ça ne vire pas sur un dix cennes, ces bâtiments-là ! Je me suis surpris à penser que même si K-Tie était menue, elle était un peu comme ces bateaux si ardus à diriger et à mener à destination. Je ne voulais pas faire de rapprochements malheureux, mais j'avais parfois l'impression que K-Tie pourrait être surnommée *K-Titanic*… en espérant que sa vigie soit plus efficace que celle du navire à l'issue fatale. Sa vie avait-elle déjà hurlé : « Iceberg, droit devant ! » ou lui restait-il encore un peu de temps avant la catastrophe ? Pouvait-elle encore changer de cap ou les jeux étaient-ils déjà faits ? Et moi, quel était mon rôle dans son long voyage ? Le simple matelot qui nettoie le pont ? L'architecte arrogant qui croit sa création à toute épreuve ? Ou encore le capitaine insouciant qui ne voit rien venir…

K-Tie allait-elle sombrer ? Fallait-il alerter sa mère ? L'école ? Les autorités ? Ou même… son père ? J'ai pris une grande bouffée d'air. Même si je tâchais de repousser l'idée, toutes les fibres de mon corps insistaient : je venais de trouver la réponse. Il y avait un petit drapeau rouge sur le message que m'envoyait mon cerveau : K-Tie avait besoin de son père si on voulait la sauver d'elle-même et saboter sa mission kamikaze. Sinon, elle se ferait du mal et les dommages seraient irréversibles.

Un peu soulagé de m'être éclairci les idées, je me suis dit que, pour l'heure, je pouvais profiter de mon dimanche pour me relaxer et prendre du recul avant d'élaborer ma stratégie. J'ai sorti une barre tendre et un jus de mon sac. C'était mon petit déjeuner. J'ai grignoté lentement mon festin un peu sec, faisant descendre le tout avec le liquide que j'avais pris soin d'apporter. Ce n'était pas vraiment du jus : c'était une « boisson » aux pêches. En fait, la seule pêche de la recette était sur la photo du contenant, j'en étais convaincu! Tout le reste était hautement artificiel et chimique.

J'ai entendu un premier «bloup» sur mon cell. C'était K-Tie:

«Slt. Ça va?»

Hum… Ça sentait la stratégie de l'évitement. Il fallait tester:

«Super. Toi?»

La réponse a déboulé.

«Génial! Kes tu fais? Tlm te cherche.»

«Besoin d'air.»

«Même de moi?;-)»

J'avais envie de répondre *surtout* de toi, ma chère amie à l'âme torturée, mais ça n'aurait pas été juste. Ma mère et Rémi se jouaient aussi de mon équilibre mental. Je ne savais pas trop quoi écrire. K-Tie a donc récidivé.

«Charlot… tu m'inquiètes. Es-tu OK?»

Si elle avait été devant moi, je l'aurais étripée. MOI, je l'inquiétais! Ben, voyons donc! À moins qu'elle ne soit capable de se brancher sur mes rêves et qu'elle ait rencontré mon alter ego, je ne faisais absolument rien pour inquiéter qui que ce soit. Le calme plat, presque terne!

Je me suis mis à texter furieusement, en lettres majuscules pour plus d'intensité.

«JE SUIS TRÈS, TRÈS, TRÈS OK!»

«Ah? Tant mieux. Té où?»

«AILLEURS!»

«Té fâché?»

«MAIS NON, TOUT EST PARRRRFAIT!»

«Sérieux, Charlot, keski spasse? Appelle-moi.»

J'avais de plus en plus le goût de balancer mon cell dans le fleuve, mais les garçons responsables comme moi ne font pas ça. Par ailleurs, il faudrait m'expliquer, remplacer, payer… J'ai donc arrêté de texter et j'ai plutôt sorti ma tablette pour dessiner.

Pas facile de se concentrer avec tous ces «bloups»… K-Tie me mitraillait de textos. Et comme je ne répondais pas, elle a fini par m'appeler. Aucune réaction de ma part. Bien sûr, elle a remis ça. J'ai éteint mon cellulaire. En fouillant dans mon sac, je me suis souvenu que j'avais trois valeureux poissons rouges. Que faire avec les petites bêtes? J'ai décidé de les lâcher dans le fleuve. Elles n'avaient pas à vivre dans ma maison, ce n'était pas juste! Je me suis donc approché de la rive, cherchant un accès facile au fleuve. Très prudent, je me suis agenouillé et, délicatement, j'ai libéré un premier poisson. J'étais ému sans pouvoir dire pourquoi. Je l'ai observé un moment cafouiller dans son nouvel environnement, pas trop sûr d'aimer ça. Moi, je savais qu'il serait bien: je venais de lui offrir la liberté! À moins qu'un prédateur ne le bouffe, il aurait une belle vie.

J'allais en libérer un deuxième quand une petite voix m'a interrompu :

— Monsieur ! Eh, monsieur ! C'est quoi tu fais ?

Fronçant les sourcils, je me suis retourné pour apercevoir un petit garçon, environ six ou sept ans. Un mélange de curiosité, d'empathie et d'horreur se dessinait sur son visage.

— Je… ben, je libère un poisson, là, tu vois bien…

Gravement, le petit garçon secouait la tête.

— C'est pas une bonne idée, monsieur. Le ti-poisson, il sera pas heureux.

Moment de doute. À bien y penser, il n'avait pas tort : libérer ces poissons n'était peut-être pas ma meilleure initiative. Je me suis senti ridicule, tout à coup. D'autant plus qu'on m'appelait «monsieur» pour la première fois et que c'était un gamin avec une tête de Petit Prince qui me faisait la morale. Étais-je en train de perdre la boule ? Une idée m'est passée par la tête :

— Toi, peux-tu t'en occuper de mon poisson ?

Un immense sourire a envahi le visage du garçon, comme si tous les nuages venaient de se dissiper pour laisser place au soleil.

— Pour vrai ? C'est sûr que je peux, je suis bon !

Ce n'était pas bête. Je me suis relevé et me suis dirigé vers l'enfant pour lui offrir mon Ziploc.

— En veux-tu deux ? J'ai apporté son ami.

— C'est sûr que je prends les deux : on peut pas les séparer. Merci, monsieur, t'es vraiment gentil.

Sans demander son reste, l'enfant est parti. Il avait une drôle de démarche, n'osant pas courir pour éviter de faire rebondir les poissons, mais voulant les montrer le plus rapidement possible à sa mère. Il est allé la rejoindre sur un banc. Je ne l'entendais pas, mais tout son corps traduisait son immense joie. Quant à la maman, elle avait l'air de s'informer. Le petit a pointé dans ma direction et elle m'a fait un signe de la tête. Elle semblait d'accord pour adopter les poissons rouges. Étrangement, j'étais apaisé. Ça en faisait deux de sauvés. Trois en comptant celui dans le fleuve. Ne restaient que K-Tie et ma mère. J'ai vu le garçon quitter le parc, tenant précautionneusement les deux Ziploc au bout de ses bras alors que sa mère lui caressait tendrement les cheveux.

Je suis retourné sur mon propre banc et j'ai dessiné le petit garçon brandissant ses deux sacs, la frimousse excitée par son cadeau inattendu. Le bonheur est parfois si simple qu'il tient dans un Ziploc.

Vers 14 h, j'en ai eu assez de mon exil volontaire et j'ai décidé de retourner chez moi. Une fois installé dans l'autobus, j'ai rallumé mon cellulaire pour découvrir l'armée de messages de K-Tie.

«S-ke j té fait qqch?»

Reçu à 9 h 11

«Je mescuz...»

Reçu à 9 h 14

«Charlot, réponds, steuplé...»

Reçu à 9 h 18

«Steuplé steuplé steuplé steuplé steuplé steuplé steuplé steuplé steuplé steuplé.»

Reçu à 9 h 23

Appel manqué 9 h 24

Appel manqué 9 h 25

Appel manqué 9 h 26

Appel manqué 9 h 26

Appel manqué 9 h 26

Appel manqué 9 h 27

Appel manqué 9 h 27

Appel manqué 9 h 28

Appel manqué 9 h 29

«Tu m'énarves.»

Reçu à 9 h 32

«Je T-A-Ï!»

Reçu à 9 h 37

«CKOI ton%? &* de prob?!»

Reçu à 9 h 43

«Faque zéro texto, zéro réponse? Très mature…»

Reçu à 9 h 44

Appel manqué 9 h 45

Appel manqué 9 h 45

Appel manqué 9 h 45

Appel manqué 9 h 45

Appel manqué 9 h 46

Appel manqué 9 h 46

Appel manqué 9 h 46

Appel manqué 9 h 47

Appel manqué 9 h 48

«J'te parle pu.»

Reçu à 9 h 55

«C fini.»

Reçu à 10 h

«Charlot? Té où?????»

Reçu à 10 h 02

«Si tu réponds pas, toi et moi c FINIIIIII!»
Reçu à 10 h 10
Appel manqué 10 h 11
Appel manqué 10 h 12
Appel manqué 10 h 13
Appel manqué 10 h 14
Appel manqué 10 h 15

«OK, j'ai compris. CIAO, BYE!»
Reçu à 10 h 16
«Dernière chance.»
Reçu à 10 h 22
Appel manqué 10 h 24
Appel manqué 10 h 26

«ALLÔ?????????»
Reçu à 10 h 28
«LA LUNE APPELLE CHARLOT!»
Reçu à 10 h 30
Appel manqué 10 h 35

«Fais chier, tsé?»
Reçu à 10 h 37
«Dernière *fucking* chance… RÉPONDS!»
Reçu à 10 h 40
Appel manqué 10 h 45
Appel manqué 10 h 51

«Charlot, c pas fin ske tu m'fais…»

Reçu à 11 h

«OK, je l'frai pu jamais, c ça k tu veux entendre, M. Parfait?»

Reçu à 11 h 14

«JE M'EXCUZEEEEEEEEEEEE!»

Reçu à 11 h 27

Appel manqué 11 h 59

«Ça ne vaut pas la peine si té pu là pour moi, faque… Je m'excuse pour tout. Merci. Je t'aime. Bye. Xoxox»

Reçu à 12 h 27

En lisant ce dernier message, une vague de panique m'a submergé, glaçant mes entrailles comme autant d'icebergs monstrueux. J'étais soufflé. K-Tie n'était pas un modèle d'équilibre, tout le monde le savait. Les coups de tête, ça ne manquait pas avec elle. Mais là? Après m'avoir semblé figé un moment, mon cœur a pris ses jambes à son cou. J'avais l'impression qu'il allait me sortir de la poitrine. J'ai immédiatement appelé K-Tie.

Dans une situation d'urgence, il n'y a rien de plus long que la sonnerie d'un téléphone que personne ne décroche à l'autre bout. À chaque nouvelle sonnerie, une nouvelle dose d'adrénaline me transperçait le torse comme un couteau cruellement affûté. Je me rabrouais intérieurement : *quelle espèce de con ne répond pas aux textos d'une amie en détresse? Maudit imbécile! Si ça se trouve, ma mère était aussi paniquée et en train de commettre l'irréparable ailleurs. Con, con, con! Le maître des cons!* Je ne pouvais tout simplement pas les laisser sans surveillance, mes deux superbes désastres ambulants. Et Rémi n'était pas du tout équipé pour me remplacer, c'était clair. Et K-Tie qui ne répondait pas. Sa boîte vocale s'est enclenchée : «Saaaaluuuuut! Tu sais quoi faire, genre? *Peace!*» J'ai recomposé le numéro. Encore. Et encore. Et encore.

Rien.

J'ai tapé le numéro du cellulaire de ma mère. C'est une stratégie que j'ai développée pour éviter de parler à Rémi en appelant à la maison, car c'est toujours lui qui répond en bon chien/secrétaire fidèle et bien dressé.

Rien.

Pas le choix : je me suis résigné à appeler chez moi. Évidemment, j'ai eu Rémi : «Allô? Allô? Allô?» J'essayais d'embarquer, mais on aurait dit qu'il utilisait un téléphone pour la première fois et il n'arrêtait pas de crier «Allô!» dans le combiné.

— Allô? Allô? Allô?

— Rémi? C'est…

— Allô? Allô?

— RÉMI! C'est Charles.

— Allô?

— Oui, allô, Rémi, c'est Charles!

— Ah, allô, mon Charlot!

Contracture au niveau du plexus solaire. Surtout, ne pas vomir dans l'autobus. Merde, comment le beau-père faisait-il pour ne pas comprendre qu'il n'avait pas gagné le privilège de m'appeler Charlot. Encore moins «mon» Charlot. Il ne m'avait pas connu enfant et il ne faisait pas partie des gens que j'appréciais dans la vie. Me semble que ce n'était pas compliqué à saisir!

Reste qu'à ce moment précis, il était tout ce que j'avais.

— Oui, allô, Rémi. Ma mère est avec toi?

— Euh… oui, oui, mais elle est occupée, là. Est-ce que tu t'en viens, mon grand?

Spasme renouvelé. «Mon grand.» Beurk. Privilège non obtenu. Pas mon père, % ? &* d'abruti. Ne pas dégobiller. Puis j'ai soudain remarqué qu'il sonnait bizarre, le Rémi. *Oh mon Dieu, pourvu que…*

— Rémi, je veux lui parler. Tout de suite.

— Oui, oui, mon garçon. Attends un peu… Céline! Fiston veut te parler!

Un mélange de dégoût et de soulagement m'a envahi quand j'ai entendu la voix étouffée de ma mère en arrière-plan alors qu'elle s'approchait du téléphone: «J'arrive, Rémi.

Tu lui as pas dit, toujours? Penses-tu qu'il le sait?» Re-vague d'inquiétude. Il ne m'a pas dit quoi, exactement? Panique. Je me suis mis à crier dans le téléphone:

— MAMAN!

— Ben voyons, qu'est-ce que t'as à crier, Charlot? Ça va? Où es-tu?

— Je m'en viens. As-tu vu K-Tie?

— K-Tie? Ben... non, pas dernièrement, pourquoi?

Un sanglot a étranglé ma gorge.

— Je pense qu'elle a besoin d'aide, maman. S'il te plaît, peux-tu aller voir chez elle? Elle ne répond pas. Je pense que...

Je n'ai pas pu continuer. Ma voix ne sortait plus. Avec un sursaut, j'ai constaté que l'autobus était arrivé à mon arrêt. J'ai fermé mon cellulaire au nez de ma mère et je suis sorti en catastrophe, me mettant à courir comme si ma vie en dépendait. Je me suis rendu immédiatement chez K-Tie. La porte était verrouillée. J'ai tapé dessus comme un forcené en hurlant le nom de mon amie. J'avais les poings meurtris, la gorge cassée. J'ai fait le tour de la maison sans arrêter de crier. Tout à coup, j'ai entendu:

— Charlot?

C'était ma mère. Je dois préciser que notre cour et celle de K-Tie sont mitoyennes, sans clôtures ni arbustes pour les séparer. Bref, je me suis tourné vers Céline.

Mon cœur s'est arrêté. Littéralement. Je me suis senti changer de couleur trois fois, mon visage restant coincé sur rouge pivoine.

«BONNE FÊTE, CHARLOT!»

Et tout le monde a commencé à chanter :

«Bonne fête, Charlot, bonne fête, Charlot, bonne fête, bonne fête, bonne fête, Charlot! Hip, hip, hip! HOURRA!»

Je voulais mourir. Ma fête était dans onze jours, mais ma mère avait cru bon me surprendre en soulignant l'événement à l'avance. Il y avait des ballons partout, et elle était parvenue à réunir de la famille et quelques amis. Les invités applaudissaient, le sourire aux lèvres… agrémenté d'un formidable point d'interrogation au visage, ce que je pouvais aisément comprendre étant donné que je les observais avec un regard fou. Comment pouvaient-ils me chanter bonne fête alors que K-Tie… alors que K-Tie…

Elle était là, au milieu des convives, les joues un peu rosies par une émotion quelconque.

Elle était là.

En chair et en os.

Vivante.

Je l'aurais étripée…

Le soir même, j'ai laissé plusieurs messages à son père.

8

Liquidation d'inventaire

Le lendemain de mon party de fête, K-Tie et moi avons décidé de nous rendre à l'école de Marie-Françoise après les cours. On brisait notre routine en y allant le lundi plutôt que le jeudi. J'avais bien l'intention d'en profiter pour remettre les pendules à l'heure avec mon amie : on avait besoin d'un tête-à-tête. Ça n'avait pas été possible la veille, avec la visite et tout et tout. À ce moment-là, c'est à peine si j'avais eu le temps de m'assurer qu'elle allait bien et de lui servir une petite dose concentrée de culpabilisation. Elle avait d'abord eu un regard d'incompréhension totale suivi d'une expression de chien piteux empruntée à Rémi. J'en avais bien ri et elle avait cru bon de me dire qu'il n'était pas si pire que ça, le beau-père, et que je devrais lui donner une chance... J'ignore ce qui s'était passé entre ce dernier et mon amie durant mon absence, mais ça prenait des airs de copinage très inapproprié. Cet homme m'avait déjà volé ma mère, pas question de le laisser amadouer K-Tie en plus. Il faudrait peut-être accélérer l'opération *Exit Rémi...* Enfin, juste avant de m'endormir, mon cell avait sonné. C'était K-Tie qui m'envoyait un texto : « Apporte un poisson pour ma sœur. Bonne nuit. »

On venait donc de s'installer sur « notre » banc dans le parc adjacent au service de garde de l'école primaire. Et puisque c'était à son tour de fournir les grignotines, K-Tie a sorti un sac de Cheetos.

— As-tu le poisson ?

J'en avais apporté cinq dans autant de Ziploc. Je m'étais dit que les enfants risquaient de nous reconnaître et que notre opération aurait l'air moins louche en distribuant plusieurs poissons plutôt qu'un seul pour Marie-Françoise.

— Oui, mais avant de parler de poissons, tu vas m'expliquer des choses, K-Tie. Tu m'as fait paniquer, hier.

— Je sais. Je m'excuse. C'était pas mon intention. Céline voulait que tu reviennes à la maison pour le party, elle ne comprenait pas pourquoi tu ignorais mes appels. Puis ma mère s'en est mêlée un peu... J'ai capoté, c'est tout. J'ai peut-être mis une bûche de trop. Désolée !

— K-Tie, bon sang, je pensais que tu voulais te suicider !

— Ben... je pouvais quand même pas dire à ma mère ce qui s'était passé chez nous la veille! Comprends-tu que je te protégeais en faisant ça?

Ça, c'était inattendu. K-Tie me protégeait, moi?

— Attends un peu... tu vas devoir m'expliquer, là. Tu emmènes tes *zamis* pouilleux dans ta chambre, vous fumez de la mari-wouf-wouf, tu laisses cette pourriture humaine te «zigner» pendant que l'idiote ben gelée regarde. *Je* mets ces ordures à la porte, *je* nettoie votre dégât... pis c'est toi qui me protèges? Comment ça marche dans ta tête, K-Tie?

— Les deux trous dans le mur... Ils sont apparus par magie, peut-être? Clovis et Mimi feraient jamais ça! Ben trop zen!

J'étais bouche bée. K-Tie s'empiffrait de Cheetos en regardant droit devant, avec cet air d'être complètement inconsciente des épisodes dramatiques qu'elle injectait quotidiennement dans ma vie. Les enfants du service de garde n'étaient pas encore sortis. Est-ce qu'elle le faisait exprès ou était-ce moi qui perdais la boule?

— OK, il va falloir que tu ralentisses un peu, je ne suis pas sûr de comprendre. C'est bien toi qui as invité le pervers et l'abrutie chez toi?

— Clovis et Mimi! Ils ont des noms, tu sais, c'est pas des objets. Tu devrais être plus respectueux...

— C'est toi qui les as invités?

— Oui.

— Et la mari-wouf-wouf, c'était l'idée de qui?

— J'sais pas, l'un ou l'autre, qu'est-ce que ça change?

— Mais tu étais d'accord d'en prendre?

— Peut-être... oui... ben, non pas vraiment. En fait, ça me dérange pas trop. C'est correct, j'imagine. Ça dépend...

— OK, si je te propose d'aller dans le parc tantôt et de fumer avec moi, tu es partante?

— Arrête de niaiser, c'est pas ton genre. T'es drôle, toi!

— Sérieusement, K-Tie, j'ai le goût d'essayer. Tu as peut-être compris quelque chose qui m'échappe. Ça te tente?

Elle était visiblement tourmentée. J'ai souvent eu l'impression que la K-Tie qui est mon amie est la meilleure version d'elle-même. L'autre, à l'âme torturée, est presque toujours en congé quand je suis présent. Mais là, avec les mots que j'utilisais, la version sombre se pointait le bout du nez, je le voyais bien. K-Tie a ri un peu, mal à l'aise, se frottant le nez en reniflant à quelques reprises.

— Commence pas ça, Charlot, tu es trop bon pour ces choses... Ah! La cloche vient de sonner, les élèves sortent!

Elle s'est approchée de la clôture en s'y agrippant tellement fort que ses jointures sont devenues blanches. Elle respirait rapidement, je le voyais bien. Et je savais instinctivement que le sujet était clos. Je lui ai laissé un peu d'espace. Quelques enfants nous ont reconnus et, en peu de temps, plusieurs d'entre eux se sont agglutinés près de nous, de l'autre côté de la clôture. Ça papotait à qui mieux mieux et les gamins nous suppliaient d'aller faire un nouveau tournoi de ballon-poire avec eux. Avant longtemps, une éducatrice s'est approchée pour voir ce qui se passait. Les élèves ont réitéré leur demande, la transformant rapidement en litanie rythmique comme seuls les enfants peuvent le faire :

« Charlot, K-Tie ! Charlot, K-Tie ! Charlot, K-Tie ! »

On a dû faire bonne impression lors de notre séjour au service de garde parce que l'éducatrice nous a invités à passer de l'autre côté. K-Tie avait le plus formidable sourire scotché au visage, flanqué d'une petite fossette tout à fait adorable sur sa joue gauche, juste au-dessous de son grain de beauté à la Marilyn Monroe... Mon cœur a fait une curieuse vrille. Je me suis secoué les puces et j'ai ramassé mon sac à dos, me mettant en mode éducateur, un rôle que j'assumais en permanence ces jours-ci. Conseiller, éducateur, concierge... à votre service ! J'ai senti qu'une bulle d'adrénaline venait de prendre possession de K-Tie. Elle gambadait comme une fillette, fouillant la cour des yeux pour trouver Marie-Françoise. Elle a ralenti un moment pour marcher à côté de moi et me dire de ne pas oublier le poisson... Comme si je pouvais!

Ça a donc été la prise deux pour le tournoi de ballon-poire, avec tous ces enfants qui me trouvaient bien cool, contrairement aux gens de mon âge. Bref, je dois avouer qu'on s'amusait bien. Enfin, on a fait tirer les cinq poissons dans le groupe, ce que l'éducatrice a trouvé fort cocasse. Seule ombre au tableau: Marie-Françoise était absente ce jour-là et K-Tie n'a pas pu lui donner son cadeau. Il faudrait se reprendre.

En retournant chez nous, mon amie avait le marabout sorti. Plus on s'éloignait de l'école, plus elle était malheureuse, plus elle bougonnait à en devenir franchement désagréable. C'était clair qu'on ne pourrait pas discuter. Je me suis donc contenté de regarder le paysage défiler par la fenêtre graisseuse de l'autobus. Sincèrement, ça faisait mon affaire d'abandonner mon rôle de psy pour le reste de la journée. Les événements des derniers jours avaient été assez exigeants. Je ne m'étais pas vraiment rendu compte de l'étendue de ma fatigue et j'étais en train de m'endormir quand K-Tie m'a réveillé en sursaut. Elle a tapé sur le dossier du siège devant nous en rageant: «Merde!», puis elle a tiré sur le câble pour descendre au prochain arrêt. Je ne comprenais pas : on n'était pas arrivés à destination. Je lui ai demandé où elle allait, puis je me suis levé pour la suivre, mais elle m'a repoussé gentiment et je suis retombé sur le banc.

— Non, non, reste, retourne chez toi. Ta mère t'a fait à souper. J'ai juste un petit truc à régler. On se revoit demain.

Sur ce, elle m'a soufflé des bisous et est descendue de l'autobus par les portes arrière dans un quartier que je ne connaissais pas très bien, mais qui me semblait peu recommandable. Paralysé un moment, je me suis enfin décidé à lui emboîter le pas, mais les portes se sont refermées et le véhicule est reparti. J'ai donné quelques coups dans la fenêtre en criant le nom de mon amie, mais elle m'a ignoré, tout occupée qu'elle était à envoyer un texto en marchant.

Je ne pouvais pas croire qu'elle m'avait échappé. Le monstre de l'inquiétude s'est réveillé dans mon ventre. Encore.

Le roupillon était terminé.

Quand je suis arrivé chez moi, ça sentait les calmars frits. Un de mes plats favoris, que ma mère prépare à merveille. Elle avait aussi fait des frites maison avec des patates douces, un autre classique.

Certes, j'étais soucieux, mais voir Rémi a temporairement apaisé mes inquiétudes. Il était en train de faire de l'entretien dans l'aquarium et il parlait aux poissons, totalement dans sa bulle hermétique, coupé du reste du monde. C'était tordant. Mon beau-père était d'une sollicitude infinie pour sa ménagerie. D'ailleurs, plusieurs poissons avaient un nom. Je me souviens d'avoir pensé qu'il valait probablement mieux éviter de donner ceux qui avaient reçu le baptême. Le problème est qu'ils me semblaient tous identiques ! C'est un peu le dilemme du zèbre : est-ce que cet animal est blanc rayé noir ou noir rayé blanc ? Les poissons rouges ont habituellement jusqu'à trois couleurs : rouge, noir et blanc. Quelques-uns peuvent bien se démarquer, tant par leur rapidité que par leur lenteur, par leur apparence ou par leur grosseur, mais entre vous et moi, quand il y en a 50 dans un aquarium, un humain le moindrement équilibré les confond. Pas Rémi, évidemment. C'est pourquoi ce qui m'apparaissait comme un intermède amusant a pris une autre tournure tout aussi distrayante.

— Où est Jaws ? Et Dora ? Peux-tu me le dire, Bill ? Où sont tes amis ? s'est soudainement exclamé le beau-père.

Les poissons n'ayant offert aucune réponse, Rémi a appelé ma mère.

— Céliiiine ? Viens ici. Il manque des poissons !

Ma mère est arrivée en courant, complètement paniquée.

— Oh mon Dieu ! Es-tu sûr, Rémi ? Ça se peut presque pas, ils peuvent pas s'enfuir, hein ? Ils peuvent pas sortir tout seuls de l'aquarium, quand même ! Peut-être qu'ils sont cachés… Les as-tu comptés ? Oh mon Dieu, c'est horrible !

Tous les deux se sont mis à chercher avec frénésie, appelant les poissons comme s'il s'agissait de chiens égarés :

— Jaws ? Où es-tu, mon mignon ? Dora ? Allez, ma belle, montre-toi ! Tigrou, Tigrou, Tigrou ! Sors de ta cachette, mon chéri !

C'était de nouveau hilarant, mais je ne voulais surtout pas qu'ils se souviennent de mon existence : ils étaient assez fêlés pour m'habiller en homme-grenouille et me faire plonger dans le meuble ! J'ai donc reculé doucement jusqu'à l'escalier. J'étais à mi-chemin pour me rendre à ma chambre quand un cri de la mort a retenti dans le salon, suivi d'éclats de rire hystériques.

— On l'a trouvé ! Jaws, mon petit amour ! Qu'est-ce que tu faisais, caché dans l'épave ? Coquin, va ! Dora et Tigrou sont là aussi ?

Ma mère et son épagneul faisaient des coucous devant l'aquarium.

Ouais, définitivement fêlés, ces deux-là.

✳

Sans crier gare, le sol est disparu sous mes pieds et je suis tombé à l'eau. Même si je me débattais, je continuais de sombrer comme si mes chaussures étaient faites de plomb. Rapidement, la sensation familière du manque d'oxygène m'a envahi. Mes poumons qui paralysaient, la pression insoutenable de l'eau sur ma cage thoracique, cette impression que j'allais suffoquer d'une seconde à l'autre. Cette fois, pourtant, ma chute a pris fin. En touchant le sol, j'ai pu constater que j'étais à l'intérieur d'un aquarium gigantesque et clos. J'ai tapé violemment sur la vitre en criant; des bulles sortaient de ma bouche. Tout à coup, Rémi et ma mère se sont approchés, de l'autre côté de la paroi vitrée. Tous les deux, ils paraissaient furieux et semblaient m'invectiver énergiquement. J'ignore ce que j'avais fait, mais ils n'avaient pas l'air commodes ! Les battements de mon cœur accéléraient et la pression s'accentuait sur mon corps. Les murs de l'aquarium se resserraient sur moi et je ne pouvais contrôler l'élan de panique qui menaçait de me noyer. Je le sentais, la fin était tout près. J'ai fermé les yeux et j'ai laissé filer doucement le peu d'air qui se trouvait toujours dans mes poumons. C'était presque soyeux comme sensation. Une libération, vraiment. Trop souvent, cette sensation avait été douloureuse, brûlante, me vrillant le torse en deux. J'avais hâte de voir mon père. Enfin, on serait réunis.

Et tout à coup, juste comme ça : schlack ! J'ai reçu une solide gifle sur la joue droite. Je n'étais plus dans l'aquarium, mais dans ma chambre, entièrement réveillé, et ma mère me secouait comme un tapis à dépoussiérer. J'ai cligné des paupières sans pouvoir arrêter, le temps de comprendre ce qui se passait. Enfin, j'ai avalé une grande goulée d'air et tout s'est remis en place. Ma mère, agitée de violents sanglots, m'a serré dans ses bras.

— Tu ne me fais plus jamais ça, Charles Belzile, tu m'entends ? Je ne peux pas te perdre, espèce de grand fou, me comprends-tu ? Tu es toute ma vie…

Elle tenait mon visage entre ses mains, comme seules les mères le font. J'ai repris peu à peu mes esprits, grelottant comme un naufragé. Je ne saisissais toujours pas ce qui était arrivé, mais à ce moment précis, l'adulte dans la pièce, c'était Céline. Moi, je n'étais qu'un garçonnet ayant besoin de sa maman. Elle me berçait dans ses bras et je me calmais un peu. Lentement, une douce chaleur a retrouvé son chemin dans mon corps et j'ai pris conscience de ce qui m'entourait. Rémi était à genoux, à côté du lit. Il gardait ses distances, mais je sentais sa compassion. Sa main était sur le dos de ma mère et, pour la première fois, j'ai compris qu'il lui apportait du réconfort.

Après quelques minutes, Céline a replacé les couvertures autour de moi, a déposé un baiser sur mon front et, comme quand j'étais petit, elle a attendu que je m'endorme avant de retourner dans sa chambre. Un sommeil réparateur m'a aussitôt enveloppé.

9

La théorie
du filet mignon

Le lendemain de ma formidable gifle nocturne, Céline m'a traîné chez le médecin. Je n'ai pas pu m'opposer à sa volonté. En effet, elle tenait à savoir pourquoi je me mettais à râler pendant la nuit, «comme un démon en cavale». Or, ce bilan médical a été intense. Ma mère est nerveuse, c'est bien connu, elle est peut-être même hyperactive. Mais quand elle est inquiète pour sa progéniture, en l'occurrence moi, le petit pois qui s'occupe de son côté rationnel perd la bataille à tout coup. Elle a beau faire preuve de sang-froid dans le feu de l'action, ce n'est pas long que les circuits sautent.

En entrant dans la salle d'examens, elle s'est exclamée:

— Bonjour, docteur. Ahhhh! Que je suis donc contente de vous voir!

C'est à ce moment-là qu'elle lui a donné un câlin. Incroyable! Même en n'étant pas un téteux d'urgence, j'étais passablement certain que ce n'était pas de cette façon que ça se passait habituellement. Très professionnel, le médecin a toussoté et a repoussé gentiment ma mère vers une chaise.

— Alors, madame Lemire, qu'est-ce que je peux faire pour vous?

— C'est pour mon fils, Charlot... euh, Charles.

Le médecin m'a regardé un instant.

— Bonjour, Charles. Quel âge as-tu?

Apprenant mon âge, il a demandé à me voir en l'absence de ma mère, ce qui était tout à fait légal, mais celle-ci tenait à rester. J'ai accepté en me disant que j'échapperais ainsi à l'interrogatoire maternel post-visite.

— Comme vous voulez, a dit le médecin.

Il s'est alors informé de mon état général, de ma situation à l'école et à la maison.

— Et ton père, Charles, est-ce que vous avez encore des contacts?

Mon cœur s'est arrêté un moment et j'ai avalé avec difficulté.

— Non...

Ma mère a volé à mon secours en changeant de sujet; mon père, on n'en parlait pas.

— Charlot fait des cauchemars et je pense qu'il cesse de respirer en dormant.

Le médecin s'est attardé sur ce problème en posant question après question. Ne pouvant établir un diagnostic hors de tout doute aussi facilement, il a prescrit des tests, dont un dans une clinique de sommeil. J'aurais la paix jusque-là : ma mère était relativement rassurée. Pour l'instant, du moins. Enfin, c'est ce que je croyais.

J'avais tort.

Sur le chemin du retour, la mitraillette maternelle s'est mise en marche.

— Comment ça va, Charlot ?

— Ben... ça va bien.

— Mais encore ?

— M'man, on vient de passer presque une heure avec le médecin ! Tout est beau, il nous a dit de ne pas nous en faire.

Je n'ai pu m'empêcher de jeter un regard furtif vers mon cell. Toujours pas de message de K-Tie.

— Mon chéri, je te sens différent ces temps-ci. Qu'est-ce qui se passe ?

— Mais... rien !

— Est-ce que c'est ta vie sexuelle ?

— M'man ! Sérieux ?

— Tu sais, c'est tout à fait normal d'avoir des... besoins. Je te demande juste d'être prudent et responsable. Je ne voudrais pas que ta petite amie tombe enceinte ou que tu attrapes des bibittes. Ça se transmet facilement, ces petites bêtes-là !

Je sentais la chaleur me monter aux joues. Parler de sexe avec ma mère? Euh… non! J'ai sorti mon cell et je me suis mis à texter. N'importe quoi pour créer une diversion. Mais ma mère… elle est coriace.

— Tu connais les moyens de contraception? Il faut que tu sois prêt. Tu ne sais jamais à quel moment l'occasion se présentera. Et c'est important que tu prennes soin de ta petite amie. Une fille, c'est pas comme un gars. Il faut y aller doucement. Que tu sois tendre, attentif. Sois généreux, pas égoïste… Le plaisir d'une femme, ça se bâtit patiemment, surtout quand elle est jeune. C'est sûr qu'avec une femme d'expérience, ça peut aller un peu plus vite, parce qu'elle se connaît et qu'elle peut te guider pour te montrer ce qui lui plaît. Tu connais le phénomène des cougars? Mais à bien y songer, je ne suis pas sûre que c'est ça que je souhaite pour mon Charlot. Bref, retiens ceci: il ne faut rien précipiter. Et si, dans le feu de l'action, tu sens que tu ne peux pas te contrôler, pense à autre chose! Les fourmis, le golf, les nuages… N'importe quoi qui ne t'excite pas! Ça marche pour Rémi…

Re-malaise. Gros malaise. Dégueulasse. Inapproprié. J'ai essayé de rester calme, mais toutes les cellules de mon corps voulaient s'enfuir de la voiture pour mettre fin à ce discours trop intime. Céline qui me donne des conseils pour faire plaisir à ma blonde hypothétique… Qui aborde même l'existence des cougars, ces petites dames d'un âge respectable qui se paient des jeunots… Non, mais! Ça devrait être illégal. Ça m'écœure tellement de penser que ma mère fait *ça* avec le beau-père du moment, mais de savoir qu'elle pense à ce que *moi* je pourrais faire, qu'elle tente de me guider pour que je sois un champion dans la chambre à coucher… C'est juste pas possible!

— M'man, je… ne peux pas parler de ça avec toi. *J'veux pas*, non plus. C'est pas normal. Pis j'ai pas de blonde, faque… Arrête, par pitié!

Je l'ai sentie à la fois soulagée et contrariée, si un tel mélange existe. J'espérais lui avoir cloué le bec.

Encore une fois, j'avais tort.

Elle n'avait pas tout à fait fini.

— Bon, OK, c'est correct. Prends ton temps avant de t'engager. C'est parfaitement normal d'explorer un peu. Je comprends que tu ne veuilles pas te satisfaire de la première qui va débarquer dans ta vie : ce serait un peu comme manger du Pablum pour toujours.

Je savais qu'il ne fallait pas l'encourager, mais je ne comprenais pas le raisonnement. Je n'ai donc pas pu m'empêcher de répéter bêtement :

— Du Pablum?

— Ben oui! C'est le premier aliment solide que tu as mangé!

— J'vois pas le rapport…

— C'est simple, pourtant! Si tu avais décidé que c'était tellement bon que tu ne voulais pas essayer autre chose, tu ne mangerais encore que ça. Imagine tout ce que tu aurais manqué : les crevettes, les fraises, les ananas, le filet mignon… Mmmm! Imagine-toi commander un bon bol de Pablum dans les meilleurs restaurants!

Et la voilà repartie. Elle riait tellement que des larmes coulaient sur ses joues. Elle s'est éventuellement calmée et a repris son sérieux.

— Bon, donc c'est ça. Explorer, c'est bien. En même temps, faut pas devenir la «guidoune» du quartier. Même les gars peuvent se faire une réputation. Je ne voudrais pas que mon Charlot soit perçu de cette manière-là. Tu es trop bon pour ça, mon chéri.

Je n'en pouvais plus. Comme s'il y avait un risque que je devienne la «guidoune» du quartier! Je n'étais pas la vedette de l'équipe de football, tout de même! Il n'y avait vraiment pas foule pour me fréquenter. Et je n'avais pas exactement le profil type d'un Don Juan non plus. J'étais et je suis encore un gars bien ordinaire. Plus «concierge» que Roméo. Heureusement que Céline m'avait bien élevé, car n'importe quel autre ado aurait pété les plombs.

— M'man, arrête. S'il te plaît.

— C'est juste que quand je te vois avec K-Tie, ça m'inquiète.

Bon, on y était, là. Tout ce blabla sexuel pour en arriver à K-Tie.

— K-Tie n'a rien à voir là-dedans. C'est mon amie d'enfance, c'est tout.

— Charlot, je vois bien comment tu la regardes… Vous êtes tout le temps ensemble. Elle n'est pas indifférente non plus, c'est clair !

Franchement ! Je revoyais le pouilleux affalé sur K-Tie… Dégoûtant. Ma mère ne savait pas de quoi elle parlait. Mais alors, pas du tout.

— Ce n'est pas grave de commencer avec une amie d'enfance. Je comprends ! C'est familier, rassurant. Mais c'est rarement l'amour de notre vie, je veux juste que tu en sois conscient. Pis, sincèrement, je n'ai pas le goût d'avoir des petits-enfants tatoués avec des cheveux mauves, acajou ou verts ! Pense au Pablum, chéri. Pense au Pablum… Les crevettes, le filet mignon, c'est bien meilleur !

J'essayais de me distraire, parce que le moment présent n'était pas très agréable. Je m'imaginais tout bébé. Disait-elle «Menum ! Menum !» quand j'étais petit ou bien «Pablum ! Pablum !» ? Enfin, elle a garé la voiture dans l'entrée, ce qui a mis fin à la discussion. J'ai pu sortir de cette cellule de prison roulante à l'intérieur de laquelle se déroulait une inquisition. Je n'ai même pas attendu ma mère : je suis entré chez nous en coup de vent.

Rémi était dans le salon avec son iPad. L'air soucieux, il prenait des photos de l'aquarium. J'ai secoué la tête sans comprendre, puis je me suis réfugié dans ma chambre. J'ai entendu ma mère crier :

— La conversation n'est pas finie, Charlot ! On va reprendre ça !

J'ai senti une grande colère m'envahir : ça va faire ! Toute ma hargne s'est réunie dans mes poings. J'avais besoin de frapper quelque chose. Rapidement, j'ai mis de la musique à tue-tête pour couvrir la voix de ma mère, puis je me suis défoulé en boxant les coussins sur mon lit aussi violemment que possible. Mordant l'oreiller, je me suis permis un long cri de colère. Céline allait me rendre fou ! Je sentais mon cœur qui battait à 100 km/h. J'ai vérifié mon cell, encore une fois. Toujours rien. J'ai essayé d'appeler K-Tie. C'était prévisible : je suis tombé sur sa boîte vocale. Je n'avais pas de nouvelles depuis qu'elle était débarquée de l'autobus dans ce quartier mal famé. Je lui donnais encore une heure, après quoi… après quoi je ferais quelque chose.

J'ai entendu la voix étouffée de ma mère de l'autre côté de ma porte, sans pour autant être en mesure de comprendre ses mots. Elle me faisait au moins la bonne grâce de ne pas entrer. Je n'ai pas donné suite : j'avais besoin d'air. J'ai ouvert GTA5[1] sur mon Xbox et j'ai *crinqué* le son... qui s'est ajouté à une *toune* décapante de Deep Purple.

J'ai dû jouer pendant près d'une heure, sans jamais quitter l'écran des yeux. J'étais survolté, gonflé à bloc. Puis j'ai décidé de prendre une pause. J'ai baissé le volume de la musique et me suis étendu sur mon lit, les yeux au plafond. Où était K-Tie ? Elle n'avait toujours pas répondu à mes messages. Encore une dernière demi-heure et j'allais faire quelque chose... Perdu dans mes pensées, je me suis endormi. Mes mauvaises nuits m'avaient fatigué. C'est ma mère qui m'a réveillé, me brassant encore une fois comme un prunier, assez fort pour me causer un arrêt cardiaque ou une commotion cérébrale ! Sauf que cette fois, ce n'était pas nécessaire. Pas de cauchemars, pas de bruits bizarres, je m'étais simplement assoupi.

— Charlot ! Charlot ! Charlot ! Réveille-toi ! Le souper est prêt.

Elle m'a heureusement accordé quelques minutes pour reprendre mes esprits, pendant lesquelles j'ai envoyé un autre texto à K-Tie : « Appelle-moi ! »

Ça sentait bon dans la maison. Ma mère a toujours été une excellente cuisinière. Quand

---

1. *Grand Theft Auto 5.*

je suis arrivé dans la salle à manger, elle venait de déposer nos assiettes : un merveilleux *surf & turf*. Rémi m'a souri et m'a donné une tape sur l'épaule, m'accueillant de son habituel et très jovial : «Ça va, mon homme ?» J'ai émis un petit grognement et me suis attablé. C'était délicieux. Ma mère s'est enquise de sa cuisine :

— C'est bon ?

— Comme toujours, m'man. Super !

— Tu aimes ça, Charlot, des langoustes et du filet mignon ?

— Ben oui…

— Bien meilleur que du Pablum, hein ?

J'ai failli m'étouffer. Sérieusement ? Encore ? Elle semblait bien heureuse de sa blague. Je me suis dit qu'il valait mieux ne pas réagir. Faire le mort. N'est-ce pas la stratégie à adopter sous la menace d'un prédateur ? Bref, j'ai continué de manger silencieusement ; pas Rémi.

— Pablum ? C'est quoi, cette histoire-là ? Oh, raconte !

Et voilà ma mère qui reprend le micro. Elle parle de sexe. De contraception. De cougars. De Pablum. De sa théorie de l'expérience. Du danger de «guidouner». Des crevettes, des fraises, des ananas et du filet mignon. De la douceur, du respect et de la patience. Du golf, des nuages et des fourmis !

Je restais indifférent ; pas Rémi. Il a déposé sa patte d'ours sur mon avant-bras et a renchéri :

— C'est vrai, mon homme, il faut être doux, patient, généreux. Tiens, prends moi pis ta mère, par exemple...

Une petite bombe a explosé dans ma poitrine. Je me suis levé violemment, renversant ma chaise du même coup.

— Ça suffit! Vos cochonneries, je ne veux pas en entendre parler! Je ne veux rien savoir! Je ne veux pas que vous m'expliquiez... ça. Votre vie sexuelle, c'est pas de mes affaires, pis la mienne, c'est pas de vos affaires!

C'est à ce moment-là que quelqu'un a cogné à la porte. Je me suis précipité vers l'entrée. N'importe quoi pour échapper à ces deux-là, même des Témoins de Jéhovah! C'était K-Tie. J'ai saisi l'occasion:

— M'man, je m'en vais prendre de l'air!

J'ai attrapé mon manteau et on est sortis. Rapidement. K-Tie n'y comprenait pas grand-chose:

— Qu'est-ce qui se passe, Charlot?

— Ah! Ils vont me rendre fou, ces deux-là!

Je lui ai tout raconté, sauf la crainte de ma mère d'avoir des petits-enfants tatoués avec des cheveux mauves, acajou ou verts. Je me suis dit que ça l'attristerait d'apprendre cela. K-Tie a trouvé l'histoire très drôle. La voir rire ainsi m'a fait du bien et, pour la première fois depuis le rendez-vous chez le médecin, j'ai pu me relaxer. C'est vrai que tout ça devait être hilarant pour n'importe quel témoin extérieur. Reste qu'une fois la bulle d'émotions éclatée, je me suis tout de même rappelé que K-Tie venait de me faire vivre un silence radio horrible. Bref, c'était à mon tour de jouer les inquisiteurs.

Sans s'en rendre compte, on avait marché jusqu'au parc de notre quartier, pratiquement désert à cette heure. On s'est installés sur les balançoires.

— K-Tie, tu étais où?

— Euh… quand, exactement?

— Hier… aujourd'hui… peu importe. Tu vas où quand tu disparais?

— J'sais pas, moi. Chez des amis, chez moi, à l'école. Je me promène…

— Tu es allée où après être descendue de l'autobus, hier?

Elle ne répondait pas et exécutait des genres de huit avec sa balançoire, les yeux rivés sur le sol recouvert d'un léger frimas.

— K-Tie?

— Ben quoi? T'es pas ma mère, j'ai pas besoin de te dire tout ce que je fais…

— Tu m'inquiètes.

— Oh, arrête d'être si dramatique, tu ressembles à Alexia! Tout va très bien, ne stresse pas pour moi. Concentre-toi sur ton futur filet mignon et ta vie sera parfaite!

Elle a essayé de rire un peu, mais ça sonnait faux. Sa gorge s'est resserrée et un

114

simili sanglot est resté coincé dedans. J'ai saisi les chaînes de sa balançoire pour la placer franchement devant moi.

— K-Tie... K-Tie. Regarde-moi. Qu'est-ce qui se passe?

Elle semblait incapable de parler alors que de grosses larmes roulaient sur ses joues. Je l'ai prise dans mes bras et elle s'est accrochée à moi comme si sa vie en dépendait. Ça a duré un bon moment. Enfin, elle s'est calmée.

— Je suis... un peu dans le trouble.

J'avais déjà deviné, mais c'était la première fois qu'elle l'admettait aussi ouvertement. Je n'osais pas l'interrompre.

— Je dois de l'argent.

— Combien?

— Mille dollars.

— Quoi? Comment? À qui? Pourquoi?

J'essayais de rester calme, mais 1 000 $, c'est beaucoup d'argent.

— Tu sais c'est pourquoi. Ne m'oblige pas à l'avouer en plus.

— Oh, K-Tie... Tu as consommé pour 1 000 $ de merde?

— Quoi? Non, non, pas pour 1 000 $.

— C'est quoi alors, le *pusher* te charge de l'extra?

— Non, c'est pas ça. C'est que j'avais besoin d'argent, donc j'ai accepté de faire quelques livraisons.

Ce n'était vraiment pas génial, mais je ne voyais pas encore le bogue.

— Et… ?

— Et j'ai perdu mon sac qui contenait la dope ! Et Spike menace de casser les jambes de ma mère… ou pire. J'ai jusqu'à demain midi pour lui retourner la marchandise ou l'argent. J'ai cherché partout… Je ne trouve pas le foutu sac ! Et je n'ai pas 1 000 $ dans mon compte, ça c'est sûr. Je ne sais plus quoi faire.

On est restés là un moment, à imaginer des solutions possibles. Ça ne donnait rien d'enfoncer le clou en lui disant à quel point ce qu'elle avait fait était stupide : elle le savait. On est allés chez K-Tie, on a fouillé partout. Rien. La mort dans l'âme, je l'ai laissée vers 23 h, à court d'idées. Peut-être que la nuit porterait conseil.

10

1 000 $ d'inquiétude

Le lendemain matin, je me suis levé un peu avant 9 h. Je suis descendu à la cuisine pour me prendre un jus d'orange et un muffin. J'essayais de penser à un endroit où K-Tie aurait pu oublier le fichu sac. Je lui ai envoyé un texto pour voir si, des fois, elle l'avait retrouvé.

«Slt. Ça va? Des nouvelles?»

«Non... Pas dormi.»

«Pas dans ta chambre, té sûre?»

«Oui. Histoire de merde...»

«Veux-tu que je vienne t'aider? On peut chercher encore.»

«Pas sûre que ça donne qqch.»

«Je m'habille + j'm'en viens.»

«👍»

J'ai grimpé l'escalier pour faire un brin de toilette. J'étais incapable de laisser mon amie assumer seule les conséquences de cette histoire. Je suis arrivé chez elle, mon manteau à peine enfilé. Quand elle a ouvert la porte, j'ai tout de suite vu sur son visage les ravages d'une nuit blanche : les cernes, les traces d'anxiété, les cheveux en bataille. Malgré tout, elle était… jolie. Elle m'a laissé entrer et je lui ai offert un muffin aux bananes. On s'est assis dans la cuisine avec un café et on a repassé les événements au peigne fin.

— Alors quand tu m'as abandonné dans l'autobus, c'était pour te rendre chez Spike.

— C'est ça.

— … Et ?

— Ben, on a jasé, on a fumé, puis il a sorti ses violons.

— Quoi ? Un *pusher* qui joue du violon ?

K-Tie m'a regardé avec un air découragé. J'étais vraiment trop naïf. J'ai fait une petite grimace en souriant pour l'encourager à continuer.

— Il m'a dit que ce serait facile pour moi de faire de l'argent. Il m'a dit que je pourrais gâter ma *doppelgänger* et…

— Tu lui as parlé de Marie-Françoise ? Me semble que ce n'est pas très prudent…

K-Tie m'a ignoré : c'était l'évidence même. Elle a poursuivi.

— … et il a fini par me convaincre qu'entre un *job* minable au salaire minimum et livrer de la dope, je n'avais pas à hésiter.

— Et tu l'as cru ?

— Il est... très bon dans ce qu'il fait. Charmeur. Séducteur. Convaincant. Ça m'a semblé l'idée du siècle. Tu sais, avec Noël qui s'en vient et tout.

Un petit mal de cœur insidieux s'est installé dans ma poitrine. Je n'aimais pas entendre K-Tie parler d'un gars avec ces mots-là. Surtout pas au sujet d'un fêlé qui les menaçait, elle et sa mère. Mais bon, un problème à la fois. Se concentrer sur la tâche.

— OK, et c'est là qu'il t'a donné le sac de drogue?

— Non, on a commandé une pizza. Il a sorti de la bière et des *shooters*. On a continué de fumer. J'étais pas mal amochée, mais heureuse. J'avais l'impression que tout le monde était beau, fin, gentil, aimable... Je me sentais aimée, protégée. Et... Spike m'a donné le sac en m'expliquant comment procéder.

— Pis t'es partie?

— Presque... Il a insisté pour me prendre en photo avant.

J'étais perplexe.

— Une photo? Pourquoi?

K-Tie ne pouvait s'empêcher de mordre sa lèvre inférieure, tournant nerveusement une mèche de cheveux entre ses doigts, fuyant mon regard. Je commençais à m'impatienter.

— K-Tie, pourquoi la photo?

— Il a dit que c'était pour me protéger.

— Te protéger? Je ne comprends pas.

— Il a dit que si quelque chose m'arrivait, la photo l'aiderait à me retrouver.

— Pas très rassurant. Il a pris une photo de toi, toute seule?

— Non...

Elle m'exaspérait avec ses réponses au compte-gouttes. Je n'ai pu m'empêcher de soupirer:

— K-Tie, sérieusement, peux-tu accélérer? Je ne veux pas te stresser davantage, mais...

— Il a pris une photo de moi avec le sac de dope. T'es content, là?

J'étais bouche bée. Une photo de K-Tie. *Avec* de la drogue. Un outil puissant pour du chantage. Je ne pouvais qu'imaginer ce qui se passerait s'il publiait l'image dans les médias sociaux...

— K-Tie, il faut appeler la police. Tu n'as pas le choix. Raconte ce que tu sais. Dénonce-le. Les policiers vont te protéger, c'est leur travail.

— Es-tu fou?! Spike a ma photo! Il a aussi des gars pas très sympathiques qui travaillent pour lui, si tu vois le genre. Grands, gros, musclés, violents, avec des cerveaux tournant à une vitesse inversement proportionnelle à celle d'une balle de fusil. Je suis dans la merde, Charlot! Sérieusement dans la merde!

Elle avait raison, mais en même temps, je ne voyais pas d'autre solution que de se rendre aux autorités. Pour protéger K-Tie. Et sa mère. Et tous ces gens qui, pendant un bout de temps du moins, ne pourraient plus se procurer de came sur les rues, le temps que le réseau démantelé renaisse de ses cendres.

On a tout de même continué à tourner le problème dans tous les sens. On a fouillé la chambre de K-Tie de fond en comble alors que sa mère, fort heureusement, était partie. Il était presque 11 h quand K-Tie a rendu les armes : elle allait se mettre sous la protection de la police.

— Parfait : j'appelle le 911.

Elle m'a interrompu :

— Non, j'aime mieux me rendre au poste. Je veux faire ça en personne.

On a donc pris l'autobus, la mort dans l'âme. Il n'y avait plus rien à dire. Rien du tout. K-Tie était emmitouflée dans son manteau, cachée sous son capuchon, le front appuyé sur la vitre crasseuse du véhicule. Tout à coup, une décharge électrique a semblé traverser son corps et elle a sursauté avant de se mettre à tirer sur le câble pour pouvoir descendre. Puis elle m'a bousculé pour bondir jusqu'à la porte sauf que, cette fois-ci, j'étais aux aguets et je l'ai suivie : elle ne me referait pas le coup de détaler sans moi ! Elle est sortie de l'autobus et s'est mise à courir comme si le diable était à ses trousses. Je la suivais, les poumons en feu :

— K-TIE ! Où on va ?

— Je sais où j'ai laissé le sac!

Un soupçon d'espoir m'a donné de l'énergie. On se dirigeait à toute vitesse vers le centre commercial. K-Tie s'est arrêtée comme un chien pointeur devant le plan des magasins, le consultant avec appréhension.

— K-Tie, qu'est-ce qu'on cherche? Je ne peux pas t'aider si tu ne…

— Là! Les objets perdus!

Elle s'est remise à courir. Je l'ai suivie. Elle s'est pratiquement échouée sur le comptoir des services à la clientèle, criant au commis:

— Un sac noir avec des étoiles mauves!

L'employé n'a pas semblé très impressionné par la présence de deux adolescents à la fois hagards et survoltés. Il a levé les yeux vers nous, très lentement, a haussé un sourcil et, après une pause dramatique, il a dit:

— On ne vous a pas enseigné la politesse, jeune fille? Le mot magique?

C'est à ce moment que des fils se sont touchés dans ma tête. J'ai brusquement saisi l'homme par le col, me suis approché à deux centimètres de son horrible minois et me suis adressé à lui dans un langage ordurier que j'ignorais maîtriser jusque-là. Ça a fonctionné et il nous a remis le sac.

On s'est éloignés aussi rapidement qu'on était arrivés, trouvant un coin discret pour regarder à l'intérieur du fameux sac. K-Tie était fébrile, j'étais plus que nerveux.

— Est-ce que tout est là?

Elle ne répondait pas. J'ai insisté :

— K-Tie, bon Dieu! Est-ce que tout est là?

Elle s'est effondrée par terre, recouvrant son visage de ses mains.

— Non, il en manque!

— Combien? Il en manque combien? K-Tie, concentre-toi! Allez, ce n'est pas le temps de paniquer. Regarde-moi... Il en manque combien? Respire... Combien, K-Tie?

C'est alors qu'elle a examiné de nouveau le contenu du sac. Incroyable : les 500 $ qu'elle avait déjà récoltés s'y trouvaient encore! Une lueur d'espoir a aussitôt traversé son visage. L'argent était toujours là et, tout compte fait, il restait bel et bien la moitié de la drogue. Fébrile, elle a sorti son cell et a composé le numéro de Spike. Je me suis collé contre l'appareil pour entendre. Après une sonnerie interminable, le message de la boîte vocale s'est enclenché : «Yo, yo, yo! Message. Bip. Tu sais quoi faire. Yoooooo!»

K-Tie en bégayait presque :

— Spike, c'est... c'est K-Tie. J'ai tout. Je te rapporte tout. Je m'en viens... Ne fais rien de stupide. S'il te plaît. C'est K-Tie. Je... je vais payer. Attends-moi. C'est... c'est K-Tie.

La voix brisée, elle a mis fin à la communication et on s'est remis à courir vers l'arrêt d'autobus. En approchant, on a vu le véhicule qui arrivait. On a accéléré. Il s'est arrêté. Des gens sont descendus. D'autres sont montés. Les portes se sont refermées sur notre nez. On s'est mis à hurler. L'autobus s'est doucement remis en mouvement. On a tapé dans la porte. Le chauffeur nous a regardés.

Notre bonne étoile brillait.

Il s'est immobilisé pour nous permettre de monter à bord, ce que les conducteurs font rarement. On l'a remercié à profusion et on s'est assis. K-Tie a envoyé un texto à Spike. Elle lui a téléphoné, a laissé un deuxième message.

— Charlot, peut-être que tu ne devrais pas venir avec moi…

— Il n'en est pas question. Tu n'y vas pas toute seule.

J'essayais d'avoir l'air brave, mais je tremblais intérieurement. Je ne connaissais absolument rien à l'univers des *dealers*. Toutefois, des gènes chevaleresques hérités de je ne sais qui m'avaient convaincu que je ne pouvais laisser mon amie affronter seule ce malfrat de Spike, si tel était son vrai nom.

L'autobus nous a déposés dans le quartier chaud de la ville à 11 h 57. On s'est rendus jusqu'au minable appartement de Spike en courant. La porte s'est ouverte avant qu'on ait l'occasion de cogner. Le portier, un gars énorme, nous a laissés entrer.

Il n'avait pas l'air commode, ni particulièrement intelligent. Tête rasée, barbe de deux jours, bijoux en or, vêtements de sport deux fois trop grands... Il sortait tout droit d'un film avec gangs de rue. La rogne étant probablement son état naturel, il n'a pas prononcé un seul mot, mais nous a dirigés vers le patron. Spike était assis derrière un imposant bureau en bois massif.

Et là, je suis tombé en bas de ma chaise. Spike avait l'air d'un *kid*. Il était plus petit que moi et donnait l'impression d'être encore au primaire. Avait-il seulement 13 ans? L'intuition me disait de me taire, du moins pour l'instant. K-Tie, de son côté, a fait son boulot en jouant le jeu de la séduction.

— Spike, mon chéri, je suis tellement désolée... Tellement désolée... Tout est là, je te le jure. Regarde.

Elle a déposé le sac et l'argent devant le boss, qui a pris son temps pour compter le tout. Le silence était lourd, même si je commençais à avoir le fou rire devant le ridicule de la situation, émotion que j'ai réprimée quand j'ai aperçu le portier du coin de l'œil. En effet, monsieur Baboune avait l'air de prendre tout cela très au sérieux.

Grave et sombre, Spike a pris une pose de profonde réflexion, pianotant d'une main sur la surface du bureau. De nouveau, un rire voulait s'évader de mon ventre, mais j'étais passablement certain que ce n'était pas de mise dans le contexte. Enfin, il a regardé K-Tie et lui a dit :

— Je suis vraiment déçu, ma belle K-Tie. Je croyais que tu avais du potentiel... Mais bon, une entente, c'est une entente. Ma parole est d'or. Tu es prête à payer l'amende ?

Des sentiments contradictoires se bousculaient en moi. D'un côté, Spike n'était pas du tout ce à quoi je m'attendais. Sa voix n'avait pas encore fini de muer et craquait comme celle d'un jeunot. Devant ses grands airs, je devais toussoter pour camoufler mon envie de m'esclaffer. Et en même temps, c'était l'horreur... Que faisions-nous dans ce bouge et qu'allait-il nous arriver ? De quelle amende parlait Spike ? K-Tie ne m'en avait pas parlé.

Tout à coup, le mini caïd s'est intéressé à moi :

— C'est qui, lui ? Dis-moi pas que c'est ton *chum*... K-Tie, tu ne peux pas briser mon cœur comme ça...

— Lui ? Oh non, c'est mon ami d'enfance.

Quand K-Tie a vu le regard de Spike, elle a tout de suite coupé court :

— Penses-y même pas, Spike. Il n'est pas de notre monde.

Je ne saisissais pas trop ce qui se passait, mais j'ai redressé les épaules pour tenter d'en imposer avec ma grandeur qui, dans le «vrai» monde, était bien normale. Sauf qu'à côté de

Spike, j'avais l'air d'un géant. Il a grimacé, me fixant avec fureur, dédain, haine, puis il a dit :

— OK, mais juste parce que c'est toi. Pis je veux qu'il regarde…

K-Tie a acquiescé sobrement, les yeux au sol. Elle a enlevé son manteau et, en passant près de moi, a murmuré :

— Je suis désolée…

L'énorme garde du corps de Spike m'a obligé à m'asseoir, puis il a mis de la musique. Et là, K-Tie a été forcée de danser. Comme sa mère l'avait fait avant elle, dans des tavernes miteuses.

Spike avait les yeux brillants. C'était profondément dégoûtant et comme j'étais incapable d'assister à l'humiliation de mon amie ; j'ai détourné les yeux. Le gros a alors saisi ma mâchoire et a dirigé mon visage vers K-Tie en aboyant : «Regarde-la !»

Une trentaine de minutes plus tard, on était de retour chez nous.

Chacun chez soi.

Le trajet s'était fait en silence.

J'ai pris une longue douche.

11

Le service de garde et les photos

C'était la dernière journée de classe avant le congé des Fêtes et le service de garde de l'école primaire nous avait demandé, à K-Tie et à moi, de venir donner un coup de main en après-midi. J'ai beau ne pas avoir le profil d'une nounou, je dois avouer que j'ai éprouvé un certain plaisir, voire une certaine valorisation à m'occuper des enfants même si je ne saurais dire pourquoi. Sans compter que cela nous permettait de passer une journée ensemble, mon amie et moi, ce qui était de plus en plus rare.

J'ai donc pris l'autobus avec K-Tie. Elle était beaucoup plus calme depuis le fiasco avec Spike. Au début, ça m'avait rassuré. Je me disais qu'elle avait peut-être compris qu'elle se trouvait sur une voie autodestructrice et qu'elle avait pris de bonnes résolutions.

Évidemment, tout cela n'était que spéculation puisqu'elle n'avait jamais voulu qu'on reparle de l'événement. En fait, la seule chose qu'elle avait consenti à me dire était que Spike souffrait d'un trouble de croissance et qu'il avait 20 ans, malgré son apparence et sa voix juvénile. Bref, il me restait de nombreuses questions : qui était Spike ? Était-il vraiment dangereux ? Était-ce sérieux ? Devait-on réellement le craindre ? Comment K-Tie l'avait-elle rencontré ? Le voyait-elle encore ?

Bien entendu, j'avais ressassé toute l'histoire dans ma tête, à l'endroit, à l'envers, mais je n'arrivais toujours pas à y trouver quelque logique que ce soit. Spike avait l'air d'un *kid* capricieux, inoffensif. Je ne comprenais pas que des gens lui obéissent au doigt et à l'*œil*. Comment réagissait-il face à un refus ? Il se jetait peut-être par terre en faisant la crise du bacon ? Rien que d'y penser, j'ai éclaté de rire, ce qui a réveillé K-Tie, qui somnolait à côté de moi. Elle m'a regardé :

— Quoi ?

— Rien.

Mais j'avais le sourire fendu jusqu'aux oreilles. Avant la frousse avec Spike, K-Tie aurait embarqué dans le jeu, m'aurait mitraillé de questions, m'aurait même attaqué en me chatouillant pour que je lui dévoile le fond de ma pensée, mais pas cette fois. Elle a haussé les épaules, a baissé davantage son capuchon sur son front et a fermé les yeux, se replongeant dans une bulle à laquelle je n'avais visiblement pas accès.

J'ai dû réveiller K-Tie quand on est arrivés. Les yeux embués de sommeil, elle m'a suivi, aussi expressive qu'un fantôme. Tout son corps traduisait son triste état d'âme, sa grande fatigue, sa lassitude. Une pensée a commencé à faire son chemin en moi : K-Tie souffrait-elle de dépression? Un frisson m'a parcouru. Dans le cadre de la Semaine de la prévention du suicide, un policier était venu nous sensibiliser à la détresse des gens qui nous entourent. J'ai essayé de me rappeler les symptômes possibles : tristesse, fatigue, perte d'intérêt, changement d'attitude. Je pouvais cocher «oui» à tout cela, en y ajoutant une perte de poids. Il fallait que je convainque K-Tie qui ne voulait plus me parler de se confier à quelqu'un. Je me suis promis de m'occuper de tout cela à la fin de la journée.

Pour commencer, nous devions passer par la réception de l'école afin d'obtenir notre carte de visiteurs. Or, la responsable qui s'y trouvait portait une superbe tuque de Noël rouge bordée de fourrure blanche et ornée d'un magnifique pompon. Ce dernier semblait animé de sa propre volonté coquine qui le faisait balancer au plus grand bonheur des enfants qui passaient par là.

— Joli pompon! lui ai-je dit en souriant.

La secrétaire affairée a levé le regard vers nous.

— Ah! Mais je vous reconnais! Les ados qui amusent les enfants du service de garde! Ils vont être heureux de vous voir, en commençant par ma fille.

— Comment se nomme-t-elle?

— Mia. Une petite blonde toute délicate et un peu timide. Elle est en 4e année. Elle vous aime beaucoup et ne cesse de me parler de vous deux après chaque visite! Dites-moi, avez-vous apporté des poissons rouges? Mia était bien déçue de ne pas en avoir gagné un, la dernière fois.

— Oh! Euh… non, pas cette fois, désolé. Mon beau-père commence à se douter de quelque chose! Je les pique dans son aquarium.

Je lui ai tapé un clin d'œil, de sorte qu'elle n'a certainement pas été en mesure de décider si je disais la vérité. Bonne vivante, elle s'est contentée d'éclater de rire :

— Entéka, ça a provoqué un tollé, vos histoires de poissons! Juste pour que vous sachiez : moi, je suis pour. Allez-y, les grands, vous connaissez le chemin. Bonne journée… et joyeux Noël!

Je l'ai remerciée, sans trop comprendre de quoi elle parlait.

Durant cet échange, K-Tie était demeurée absorbée devant l'énorme cadre qui contenait les photos de tous les groupes d'enfants fréquentant l'école. Tout en saluant la secrétaire, j'ai dû tirer sur la manche de mon amie pour qu'elle consente enfin à bouger. On a fait quelques pas, puis je me suis planté devant elle, mes yeux dans les siens.

— K-Tie Séguin, ça va faire. Tu vas me dire ce qui se passe. Toi qui as toujours été si pétillante, tu n'es plus que l'ombre de toi-même. Qu'est-ce que tu as?

Elle a détourné les yeux, fixant le plancher, haussant les épaules. J'ai attendu un peu, en vain. J'ai insisté en douceur.

— K-Tie, s'il te plaît… Je suis tellement inquiet. Parle-moi.

J'ai vu une larme rouler sur sa joue. Elle l'a essuyée rapidement, puis m'a enfin offert son regard.

— Tout va bien, Charles. Juste fatiguée, c'est tout. Le congé va faire du bien.

— Aimes-tu mieux qu'on retourne à la maison? Je suis sûr que Carole va comprendre.

— Non, non, c'est beau. J'ai hâte de voir ma *doppelgänger*: ça fait longtemps. Je suis capable de prendre une dernière journée. Allez, *Charlie Boy*, on va faire un malheur!

Pendant un court instant, mon amie est redevenue elle-même: sourire, entrain, énergie et tout. On s'est remis en marche et, au bout du corridor, on a vu Carole qui nous saluait. Elle semblait heureuse de nous voir, mais ce n'était rien à comparer au bonheur des enfants! Avant de nous laisser entrer, Carole nous a tout de même demandé si on avait apporté des poissons.

— Non? C'est probablement mieux comme ça, le temps que la poussière retombe.

Elle nous a aussitôt ouvert la porte du local et une marée d'enfants a déferlé sur nous pour nous faire des câlins, une vague de cris stridents traduisant leur joie.

L'après-midi s'est passé comme un feu roulant. On a fait des jeux à l'intérieur et l'extérieur, on est montés sur scène pour un karaoké de Noël, on a essayé (je dis bien *essayé*) de montrer aux jeunes comment faire un set carré sur des rigodons et le tout s'est terminé dans le gymnase devant un film que les petits ont regardé en suçant des cannes de Noël.

Les uns après les autres, les parents sont venus récupérer leurs enfants. Je ne me rappelle pas avoir déjà reçu autant d'amour en dose aussi concentrée! J'étais en train de ranger dans mon sac une quantité phénoménale de cartes, de bricolages et de dessins que les gamins m'avaient offerts quand Carole est venue me trouver.

— Ouf! Quelle journée! Un gros merci de nous avoir prêté main-forte. Les petits vous aiment beaucoup.

J'étais un peu mal à l'aise du compliment, mais c'était gentil de sa part de le souligner.

— N'oublie pas de prendre un chocolat et un muffin avant de partir : il y en a pour tout le monde !

Elle m'a salué et s'est dirigée vers la salle de jeux. Juste avant de sortir, elle s'est tournée vers moi :

— Tu apporteras ceux de K-Tie et tu lui transmettras mes vœux. Elle est partie avant que j'aie la chance de la remercier.

Mon cœur a été trop surpris pour continuer de battre. Arrêtant ce que je faisais, j'ai levé les yeux vers Carole, répétant bêtement ce qu'elle venait tout juste de dire :

— K-Tie est partie ?

— Oui, il y a une vingtaine de minutes. Elle ne te l'a pas dit ? Quelques emplettes à faire, je crois…

J'ai pris l'air du gars qui se souvient soudainement de tout.

— Ah oui ! C'est vrai, elle m'avait dit qu'elle devait s'en aller plus tôt. Que je suis donc distrait, des fois ! Elle me le répète souvent : «T'es donc ben écervelé, Charles Belzile ! Pas plus de mémoire qu'un poisson rouge !»

— Parlant de poissons rouges, les enfants ont adoré en recevoir, mais les parents ont fait des chichis parce qu'il n'y en avait pas pour tout le monde. Après votre dernière visite, la directrice a dû faire de la gestion de crise. Elle a reçu des plaintes de parents, mais ça ne s'est pas arrêté là. Des gens pas contents, il y en a toujours. C'est pas ça qui a monopolisé l'agenda de la directrice. En fait, beaucoup de parents se sont plaints parce que leur enfant n'avait pas reçu de poisson, malgré un dossier scolaire irréprochable. Un père a même évoqué le racisme du fait que son garçon n'en avait pas eu. Une mère a affirmé qu'on avait des chouchous, que c'était injuste et que l'école devrait convoquer d'urgence une réunion du conseil d'établissement pour débattre de la question et peut-être mettre en place un nouveau règlement qui permettrait une gestion juste et équitable des poissons rouges. Il y en a qui se sont demandé si lesdits poissons étaient porteurs de virus et qui ont exigé que les petites bêtes soient examinées par un vétérinaire spécialisé. Une mère a voulu savoir si c'était un cheval de Troie : y avait-il des bombes cachées à l'intérieur ? De toute évidence, elle écoute trop les nouvelles américaines. D'autres parents sont arrivés avec un projet de campagne de financement monstre afin d'offrir un poisson rouge à tous les enfants de l'école : riches, pauvres, gentils, tannants, brillants ou autres, etc. Certains ont proposé qu'on ampute le budget de la bibliothèque pour acheter un énorme aquarium qui irait dans le gymnase, leur argument étant que même le ministre de l'Éducation jugeait qu'il y avait bien assez de livres dans les écoles et que les élèves n'en mourraient pas si on arrêtait d'en acheter. Une mère a même dit que son petit étant allergique aux fruits de mer, il se pouvait qu'il meure en se trouvant trop près d'un poisson, alors… Même si c'est une excellente idée, je pense que vous feriez mieux d'oublier ce type de cadeaux, du moins dans un avenir rapproché. Ouf! Peu importe, merci encore, Charles, et joyeuses Fêtes!

Carole m'a souri et a quitté la pièce. J'étais littéralement assommé. Ils sont fous, ces parents! Un branle-bas de combat pour des poissons rouges, c'était à n'y rien comprendre. Entre ma mère et Rémi qui les baptisaient, leur parlaient et les prenaient en photo et tout ce qui se passait dans cette école, je n'arrivais pas à saisir les adultes.

J'ai mis mes bottes et mon manteau, j'ai salué le personnel et je me suis dirigé vers l'arrêt d'autobus. Il faisait environ −8 °C et des flocons joyeux valsaient jusqu'au sol. Avec l'humidité, le froid était mordant. J'ai remonté mon foulard, soufflant dans mes mains recouvertes de minces gants de laine mouillés qui ne faisaient pas leur travail. Pas besoin de vous dire qu'après avoir passé une partie de la journée à faire un bonhomme de neige avec les enfants, j'ai finalement compris pourquoi ma mère m'avait toujours habillé si chaudement quand j'étais petit et, surtout, pourquoi elle avait toujours insisté pour m'acheter de grosses mitaines imperméables. Comme on oublie vite ces petits détails quand on devient trop grand pour jouer dans la neige!

Convaincu que mes gants en voie de se transformer en glaçons me nuisaient plus qu'ils ne m'aidaient, je les ai mis dans mes poches. J'en ai profité pour consulter mon cellulaire : aucun message de K-Tie. Elle était décidément bien étrange, mon amie. Pourquoi ne m'avait-elle pas dit qu'elle partait plus tôt? J'ai attendu d'être assis dans l'autobus pour lui envoyer un texto :

«Slt. Té où?»

La réponse n'a pas tardé.

«Chez Mimi pr le w-end. À +»

C'était bref, comme message. Alors, elle restait chez Mimi? J'étais surpris. Je croyais que K-Tie ne voyait plus cette fille. Pas depuis que je l'avais mise à la porte avec le pouilleux. Était-ce pour ça que K-Tie était morose, ces derniers temps? Avait-elle recommencé à fréquenter ces deux imbéciles? Et à consommer toutes sortes de cochonneries? J'ai senti un début de colère se nouer dans mon ventre. Je n'avais pas le goût de jouer au concierge. Le congé des Fêtes était enfin là et j'avais vraiment besoin de repos. Entre l'arrivée de Rémi dans ma vie, l'hystérie sporadique de ma mère et les aventures débridées de K-Tie, je méritais du temps pour moi. De la musique, du dessin, des jeux vidéo… Je voulais en profiter.

Noël était toujours une période douce-amère pour moi. Je ne pouvais évidemment pas m'empêcher de penser à mon père, qui me manquait cruellement. Parfois, j'avais le goût d'en parler à mon amie, mais ce n'était pas possible. K-Tie avait ses propres problèmes. Par ailleurs, il aurait été injuste d'induire une discussion avec ma mère, qui était éperdument amoureuse (et épanouie) ces temps-ci, le problème d'odeurs étant réglé.

Eh oui, je l'avoue. Début décembre, à l'approche de Noël, je m'étais senti ramollir et j'avais fini par nettoyer tous mes dégâts volontaires. Même la tringle remplie de carcasses de crevettes dans le placard de Rémi avait été vidée et lavée. De plus, sa voiture était maintenant vierge de tous mes petits sacs de «cadeaux». En fait, j'avais décidé de prendre une pause dans mon projet *Exit Rémi*. J'en avais tellement plein les bras avec K-Tie que ça faisait du bien que mon beau-père s'occupe un peu de ma mère, surtout qu'elle était vraiment heureuse depuis que c'était propre et que ça sentait bon!

Toujours est-il qu'après avoir consulté mon cell, j'ai songé que K-Tie était une grande fille et qu'elle pouvait prendre soin d'elle-même pendant 48 heures. N'étant pas de nature spirituelle, j'ai néanmoins récité une petite prière dans ma tête, adressée à mes deux superbes désastres : «K-Tie, Céline : je vous libère pour le week-end, vous avez congé ! Pas trop de troubles, svp. Que la paix soit avec vous ! »

Je n'ai pu m'empêcher de sourire en textant un dernier message à K-Tie :

«OK, bon w-end. Texte-moi lundi ;-)»

Je suis descendu de l'autobus, le cœur léger. Parfaitement serein. Une pause pour le week-end. Congé ! Quel merveilleux concept ! La neige était jolie, les lumières de Noël scintillaient sur les maisons. J'arrivais même à voir de belles images de mon père dans ma tête, tous ces merveilleux moments passés avec lui pendant les Fêtes. Si j'avais su qu'il disparaîtrait si tôt de ma vie, en aurais-je profité davantage ? Cela m'amenait à me poser une autre question : l'humain est-il capable de déguster le moment présent comme si celui-ci était, justement, un *présent*, un cadeau éphémère et unique ? Pas sûr. Seule la tragédie semble avoir le pouvoir de nous sortir momentanément de notre torpeur, de notre abrutissement collectif. Au bout du compte, j'ai éloigné cette pensée profonde, beaucoup trop philosophique pour profiter du bref épisode magique et éthéré que la vie semblait vouloir m'offrir.

Chaque pas que je faisais crissait dans la neige. Bien qu'il n'était que l'heure du souper, j'avais l'impression qu'il était 3 h du matin tant la nuit était sombre et sourde, mais vaporeuse en même temps. Je me sentais vivre sur une voie parallèle, là où le temps s'arrête, où tout est parfait pendant un instant.

K-Tie est chez Mimi.

Ma mère est à la maison. Avec Rémi. Heureuse.

Je n'ai aucune tâche de conciergerie, aucun dégât à ramasser, aucun problème à régler.

#La.Vie.Est.Belle!

Quand je suis arrivé chez moi, j'ai constaté qu'il y avait une minifourgonnette inconnue dans l'entrée. Toutes les lumières décoratives avaient été allumées à l'extérieur (Rémi en avait mis plus que pas assez… tellement que notre maison se démarquait sur la rue, et évidemment pas dans le bon sens). À travers la fenêtre qui donnait dans le salon, j'ai cru voir des éclairs de lumière. Une fois, puis deux. J'ai soupiré en montant les marches du perron. Qu'est-ce qui m'attendait de l'autre côté de la porte? Mon petit bonheur tranquille était-il déjà terminé? C'est sûr que ça avait été trop beau pour être vrai. Je le savais. La paix était déjà chose du passé.

Je suis entré en essayant de ne pas faire de bruit. Ma vie est plus zen quand Céline et Rémi ne s'aperçoivent pas que je suis dans la maison. J'avais bien prévu monter directement dans ma chambre, mais je l'avoue, j'étais un peu curieux. Je me suis donc arrêté dans le hall d'entrée pour écouter, prenant soin de ne pas me laisser voir.

Des voix me parvenaient du salon.

— Encore une, Céline. Oui, c'est ça. Penche-toi encore un peu… encore… OK, c'est beau, bouge pas !

Clic et schlack ! Un flash de lumière.

— Bon, maintenant, Rémi, tu vas te placer de l'autre côté. Oui, comme ça. Non, attends, recule un peu. C'est bon. Maintenant, étire-toi un peu vers la droite, mais garde ta main gauche au-dessus. Regarde Céline. Souris… souris… *Say cheese !*

Nouveau clic et flash de lumière.

Ça ne prenait pas Einstein pour comprendre ce qui se passait, ni pour savoir que c'était clair que je ne devais pas respirer trop fort de crainte d'être impliqué dans leur trip de photo. Doucement, je me suis remis en mouvement pour rejoindre l'escalier, ne remarquant pas que la courroie de mon sac à dos s'était empêtrée dans un parapluie (qu'est-ce qu'il faisait là en décembre, lui ?).

Le parapluie est tombé.

En faisant du bruit.

Pas trop, juste assez pour que ma mère et son oreille bionique entendent.

— Charlot? C'est toi?

Trop tard. J'étais fait comme un rat. Coincé. Condamné. Pas le temps de bouger, de me sauver, de m'enfuir, de disparaître, de me téléporter. Rien. *Nada. Zilch.* Pas sûr, mais je crois que des anges ont entamé un *requiem* pour me narguer.

C'est là que ma mère a surgi dans le vestibule, un sourire presque épeurant sur le visage. Elle s'est aussitôt transformée en chiot hyperactif et verbomoteur :

— Charlot est arrivé! Charlot est arrivé! Viens, Charlot, viens! Rémiiii! Charlot est arrivé!

Elle m'a infligé un câlin à me faire suffoquer, m'a embrassé sur les deux joues en me laissant deux horribles marques de rouge à lèvres et m'a entraîné vers le salon.

Rémi était en grande discussion avec le photographe :

— OK, donc on en a au moins une bonne avec Tigrou et Dora. J'aimerais qu'on en prenne une avec Jaws aussi.

— Seulement Jaws?

— Oui. Non... euh, attends... OK, oui. Une avec Jaws, ensuite Jaws et Tigrou, puis finalement une avec les trois. Non, les quatre, maintenant que Charlot est arrivé. Bon, j'organise ça.

Il m'a enfin regardé, un sourire niais bien estampé sur le visage :

— Salut, mon homme !

Je ne m'habitue pas à leurs extravagances. Je n'ai pas assez de mes cinq sens pour tout absorber. Je ne comprends pas de quelle planète ils viennent, mais je suis de plus en plus certain qu'ils se méritent. Comment mon père a-t-il fait pour tenir le coup pendant neuf ans ? Me semble qu'il était normal, lui. Évidemment, ma mère est adorable et je l'aime plus que tout, mais diable qu'elle est excentrique ! Et Rémi est presque pire, ce qui n'est pas peu dire pour un homme en beige !

Comment décrire cette scène ? Comme vous l'aurez compris, un studio de photo a été installé dans le salon. Contre le mur, il y a une toile qui représente le fond de la mer. Il y a des trépieds pour l'éclairage (quatre), parapluies blancs en renfort. Au centre, devant la toile, la pièce de résistance.

Une coupe à vin.

Une énooooorme coupe à vin.

Gigantesque, gargantuesque, titanesque, monstrueuse.

Sérieusement. Attendez, je ne crois pas que vous compreniez. UNE COUPE À VIN ! Oubliez tout ce que vous avez déjà vu : cette coupe fait environ 1,80 m de haut ! Elle est remplie d'eau et deux poissons (je présume qu'il s'agit de Tigrou et de Dora) y nagent allègrement. Des projecteurs au sol sont braqués sur ce bocal monumental qu'ils illuminent d'un camaïeu de bleus et de verts.

Si j'ai bien compris, il s'agit de la traditionnelle photo de famille du temps des Fêtes. Sauf que nous, au lieu d'inclure le labrador, l'épagneul ou le caniche familial, on se fait «poser»… avec nos poissons.

Je sais que j'ai déjà dit que je n'étais pas spirituel, mais ce jour-là, j'ai pensé : *Monsieur Dieu, s'il vous plaît, si tu existes, arrête de rire dans ta barbe, ouvre le sol sous mes pieds, tu sais, un peu comme le truc qu'ils disent que tu as fait quand tu as séparé les eaux de la mer (sans effets spéciaux comme à Hollywood – respect)… et viens me chercher! Genre, maintenant. Là. Tout de suite. C'est trop d'épreuves pour un ado de 16 ans! Je ne pourrai pas survivre à cette honte immortalisée sur papier glacé! Je ne demanderai plus jamais rien et si tu veux, je vais commencer à aller à la messe. Ben, du moins passer devant l'église. Souvent. Au moins une fois par… mois. Pendant un an. Ce qui est douze fois plus que dans les années précédentes. Qui peut se targuer de faire 120 % d'intérêt en un an à notre époque, hein?! Et je vais te faire un clin d'œil. Et je ne parlerai plus contre toi. Et…*

Céline a fini par m'interrompre dans mes pensées. Elle m'a tendu un horrible chandail

145

de Noël. En laine qui pique. Et laid. Non, plus que laid : quétaine. Kitsch. Avec un sapin et des boules de Noël en 3D. Et des guirlandes lumineuses qui s'allumaient pour vrai.

Puis elle s'est penchée vers moi et a murmuré dans mon oreille :

— C'est Rémi qui l'a choisi. Sois gentil…

Je suis devenu aphone. Sous le choc, j'ai collaboré.

Je suis resté là, en silence, pendant ce qui m'a semblé trois jours. Pendant que Rémi grimpait sur son escabeau. Pendant qu'il sortait Tigrou et Dora de la coupe avec une puise aussi grosse que celle d'une piscine. Pendant qu'il les remettait dans l'aquarium. Pendant qu'il attrapait Jaws pour le mettre à son tour dans la coupe à l'aide de l'escabeau.

Clic. Clic. Re-clic.

Escabeau. Poissons.

Clic. Clic. Clic.

Re-escabeau. Re-poissons.

#Je.Veux.Mourir.

Je suis sûr que le photographe est crampé en deux par en dedans.

Je suis sûr qu'il va raconter cette histoire jusqu'à sa mort.

Je suis sûr que quelqu'un quelque part va mettre ces photos-là sur Facebook, sur YouTube, sur Instagram… Et que ça va devenir viral en moins de 24 heures.

#Ma.Vie.Est.Finie.Avant.De.Commencer.

✳

Ça faisait longtemps que ça m'était arrivé, mais ce soir-là, j'ai vomi ma vie. Je crois que j'ai même eu des visions de poissons nageant dans la cuvette. Évidemment, le lendemain, je me suis réveillé avec une vilaine fièvre, la gorge en feu et des courbatures infernales.

Au moins, Céline et Rémi m'ont laissé tranquille. Je pense que ma mère se sentait coupable de ce qu'elle m'avait fait subir. Ça fait quand même 16 ans qu'elle me connaît. Elle ne pouvait ignorer que cette session de photos avait été une torture pour moi. Elle savait. Et elle savait que je savais qu'elle savait. Elle m'en devait une. Sérieusement.

Bref, je suis resté au lit tout le week-end, avec des bouillons de poulet, du Jell-O et de la crème glacée. Ma mère a été aux petits soins, mais pas trop. Elle m'a permis de respirer. Rémi a brillé par son absence, ce qui en soi était un merveilleux cadeau. Je ne pouvais plus le voir en peinture. Face de poisson...

Tout ça m'a isolé du reste du monde.

Je ne perdais rien pour attendre.

12

Disparition

Je pataugeais sur le dos, sirotant un joyeux *drink* tropical dans un ananas évidé décoré de petits parapluies multicolores. Dans un tout-inclus anonyme, quelque part dans le Sud. Une piscine aussi grande que la mer avec des bars flottants çà et là. L'eau, probablement aussi salée que celle de la mer Morte, me permettait de flotter très facilement, sans effort. De la musique, un étrange mélange de ukulélé hawaïen et de salsa cubaine, pimentait l'air marin. Je me sentais bien, heureux, zen. J'étais en grande discussion avec mon père.

— Tu sais, ta mère n'est pas méchante. Elle a simplement besoin d'un peu d'enca-drement…

— Je comprends, papa, mais c'est lourd !

— Peut-être, mais son cœur est plus grand que l'immensité. Il n'y a rien qu'elle ne ferait pas pour toi.

— Et Rémi ?

Mon père a souri, sage comme toujours.

— Inoffensif. Et gentil. Excentrique.

— Mais papa, je ne comprends pas comment elle peut…

— C'est OK, Charles, c'est correct. Laisse aller.

Le ciel s'est assombri. La musique s'est tue. L'eau a commencé à s'agiter partout autour, mais elle est demeurée calme sous moi. Mon père a fermé les yeux un moment en secouant la tête, triste. Un tourbillon s'est formé sous lui, doux au début, puis de plus en plus violent. Lançant le maudit ananas au bout de mes bras, j'ai essayé de retenir mon père, mais il refusait de m'entraîner avec lui, ne voulant même pas tendre la main vers moi de crainte de m'emporter. Je hurlais :

— Papa! Donne-moi ta main! Tu ne peux pas m'abandonner… J'ai besoin de toi!

Il secouait la tête imperceptiblement, sans jamais quitter mon regard, avec un doux sourire. Je me débattais furieusement pour le rejoindre, sans y arriver. Mon père a pris une grande inspiration et s'est laissé emporter vers le fond. Je l'entendais penser : *je t'aime, Charles…*

Je sanglotais comme un enfant, puis je me suis senti secoué par une machine infernale.

— Charlot! Charlot! Réveille-toi!

Puis j'ai eu de nouveau cette sensation de brûlure causée par l'oxygène s'engouffrant dans mes poumons. Si ça ressemble à ce que les bébés ressentent en naissant, je comprends parfaitement pourquoi ils pleurent tant. Ma mère me brassait encore et encore sans trop de délicatesse.

— Charles! Mon sacripant! Tu n'as pas mis ton appareil? Tu vas me faire mourir!

En effet, j'avais oublié de mettre mon appareil, celui avec lequel je devais dormir depuis qu'on m'avait diagnostiqué une apnée obstructive du sommeil. Sans blague, j'avais l'air de Darth Vader avec ce bidule, mais au moins, il m'empêchait d'arrêter de respirer pendant la nuit, ce qui rassurait ma mère et m'évitait de me faire secouer régulièrement par celle-ci dans le but de me réveiller. Ne voulant pas raconter mon rêve à ma mère, j'ai fait comme si tout allait bien et elle est retournée se coucher. Alors, ne tenant pas à me rendormir immédiatement, je me suis rendu à la salle de bain pour reprendre mon souffle. J'en ai profité pour sauter dans la douche et laver toutes ces images qui peuplaient mes nuits. Ainsi, je savourais la douceur de l'eau sur mon visage quand tout a basculé.

D'abord, quelqu'un a cogné à la porte de la salle de bain. Agacé, j'ai arrêté l'eau:

— M'man! Je suis dans la douche, ce sera pas long!

Sa réponse n'a pas tardé.

— Charles, ouvre la porte tout de suite. Il y a un problème.

Mon sang n'a fait qu'un tour. J'ai enroulé une serviette à ma taille, sans m'essuyer, et j'ai ouvert la porte. Ma mère m'a tendu le téléphone en haussant les épaules, signifiant qu'elle ne savait pas vraiment ce qui se passait, sauf que c'était urgent. J'ai pris l'appareil :

— Allô ?

— Allô, Charles, c'est Alexia. Où est K-Tie ?

— Mais… chez Mimi, je présume ? Elle m'a dit qu'elle passait le week-end chez elle. Pourquoi ?

— Pas de nouvelles depuis vendredi. J'étais partie pour la fin de semaine et je n'arrive pas à la joindre. Je suis vraiment inquiète.

— Vous êtes à la maison ? J'essaie de la contacter et je vous rappelle.

Céline voulait des détails, mais je n'avais pas le temps. Il fallait que je prenne mon cellulaire, qui était dans ma chambre. Bien sûr, comme je ne m'en étais pas occupé depuis 48 heures, il était déchargé. Je l'ai donc branché et j'ai essayé d'appeler K-Tie.

Pas de réponse.

J'ai aussitôt envoyé un texto :

« K-Tie, té où ? Appelle-moi. Ça presse ! »

Je me suis habillé en vitesse, puis je suis descendu à la cuisine, mon cellulaire et son chargeur en main, ma mère à mes trousses.

— Qu'est-ce qui se passe? Charlot, dis-moi!

— Pas tout de suite, m'man!

Je composais le numéro de K-Tie en boucle. J'ai enfilé mon manteau et mes bottes.

— Je m'en vais voir Alexia.

Malgré le fait qu'il était tôt, ma mère n'a pas protesté. Au contraire, elle a mis ses vêtements et m'a suivi. Alexia m'attendait. Elle nous a ouvert la porte.

— Est-ce que je vais enfin savoir ce qui se passe? a demandé ma mère.

— Je ne sais pas, mais j'ai un mauvais pressentiment... Je sais bien que K-Tie a des problèmes, mais là, c'est différent. C'est trop long. D'habitude, elle me donne signe de vie. Même si c'est pas grand-chose... Oh mon Dieu! J'aurais jamais dû la laisser seule ce week-end...

Alexia était visiblement ébranlée. Très ébranlée. J'ai pris une petite seconde pour brancher mon chargeur, vérifiant une fois de plus mon cell. J'ai composé le numéro de K-Tie. Pas de réponse. Texto de nouveau. On est allés voir dans la chambre de mon amie. Étant donné le bordel, il était vraiment difficile de savoir s'il manquait quelque chose. À première vue, tout semblait intact.

— Ça fait des années que je me tue à lui dire de ranger sa chambre! Quand elle va revenir, on va avoir une sérieuse discussion…

Alexia était très nerveuse et disait un peu n'importe quoi en farfouillant dans les affaires de sa fille. Ma mère essayait de la suivre et de l'encourager. Puis Alexia m'a fixé droit dans les yeux :

— Toi, Charlot, sais-tu où habite Mimi?

— Non… je ne peux pas dire que je la côtoie.

— Ah non? Pourquoi?

— Ben, euh… on n'a pas les mêmes intérêts.

J'essayais d'avoir l'air occupé à chercher, cependant j'étais mal à l'aise. Je connaissais certains éléments sombres de la vie secrète de K-Tie, mais je ne savais pas encore si la situation était assez sérieuse pour que je sois contraint de la dénoncer. Je sentais les battements de mon cœur qui s'accéléraient. K-Tie allait peut-être rentrer à la maison sans prévenir, auquel cas je me devais de la protéger, sans oublier de lui brasser la cage plus tard. Par contre, elle était peut-être en danger, auquel cas je devais tout révéler pour lui venir en aide…

Alexia, ma mère et moi avons littéralement retourné à l'envers la chambre de mon amie. En désespoir de cause, j'ai fini par me mettre à quatre pattes pour regarder sous le lit. C'est là que j'ai ramassé deux feuilles légèrement chiffonnées, dont une sur laquelle se trouvaient cinq photos pâlottes de Marie-Françoise. On voyait que les clichés avaient été pris à l'insu de la fillette qui ne regardait jamais l'objectif. Un constat s'imposait : mon amie allait souvent observer Marie-Françoise, et pas seulement en ma compagnie. K-Tie avait utilisé une imprimante qui commençait à manquer d'encre. Elle avait écrit, un peu partout sur la feuille :

Marie-Françoise Debourgault-Laverdurière… Doppelgänger…

Ma mère s'est approchée pour voir ce que je tenais.

— Tiens, c'est qui ça ? Cette fille ressemble beaucoup à K-Tie quand elle était petite ! *Doppel… Dop-pel-gän-geur… Doppelgängeur ?* Qu'est-ce que ça veut dire ?

Céline peut vraiment être innocente, parfois ! Alexia, elle, a perdu toutes ses couleurs et m'a arraché des mains la feuille qui contenait les photos pour les examiner soigneusement.

— Oh mon Dieu ! Charles. Que sais-tu là-dessus ? Dis-moi tout !

— C'est une des gamines qui va au service de garde à l'école primaire où on a fait notre stage et où on a passé la journée, vendredi.

Alexia m'a fusillé du regard.

— Pourquoi K-Tie a ces photos ?

J'avalais difficilement, les idées en bataille. Savait-elle que je savais? Connaissait-elle la petite obsession que K-Tie avait développée au sujet de sa demi-sœur? Pendant que je triturais nerveusement l'autre feuille remplie de gribouillis, j'y suis allé prudemment:

— K-Tie est curieuse. Elle voudrait connaître Marie-Françoise.

— Explique-toi, Charles. K-Tie la fréquente? Est-ce que Marie-Françoise sait qui est K-Tie? J'ai comme l'impression que tu en sais long sur le sujet.

— Non, bien sûr que non. K-Tie ne lui a pas dit. Mais... peut-être qu'on devrait continuer de chercher le numéro de Mimi et parler de tout ça plus tard, non?

Ma mère, toujours là pour aider, en a ajouté une couche en pointant les photos:

— C'est qui, Marie-Françoise? Elle est donc ben mignonne... Sincèrement, elle pourrait être la sœur de K-Tie. C'est fou comme elles se ressemblent! Hein? Vous trouvez pas?

Alexia a murmuré entre ses dents serrées:

— C'est parce que *c'est* la sœur de K-Tie...

— J'ai trouvé! me suis-je exclamé en découvrant enfin une information royale griffonnée sur la feuille, freinant par la même occasion la réaction de surprise de ma mère face à la bombe qu'Alexia venait de lancer.

Nul doute que Céline tenterait de recoller les morceaux à rebours et qu'elle aurait de nombreuses questions, mais pour l'instant, elle était bouche bée. Pressé, j'ai tout de suite pris mon cellulaire pour composer le numéro de Mimi, que je venais de trouver. La sonnerie me paraissait interminable. Enfin, quelqu'un a répondu :

— Clovisssss… à votre serviccccccccce !

Puis un éclat de rire épais, ahuri, stupide, con. Et comme fond sonore, j'entends une voix féminine guère plus intelligente dire en s'esclaffant : «Sti qu't'es caaaaave !»

Je me suis dit que j'aurais pas assez du dictionnaire pour décrire ce gars-là en termes tous moins élogieux les uns que les autres. D'ailleurs, mon sang a semblé vouloir se figer dans mes veines : je suis profondément allergique à la bêtise humaine. Rester calme…

— Allô, Clovis, c'est Charles. Est-ce que je peux parler à Mimi ?

— Charles, Charlis, Charlot… Ah, ah, ah ! Qu'est-ce que tu lui veux, à ma belle Mimi d'amour ?

Et je les ai entendus s'embrasser en faisant des bruits dégueulasses. Dégoûtant.

— Clovis ? Clovis !

Alexia et ma mère me regardaient, des points d'interrogation sur le visage. Ma mère a chuchoté :

— Qu'est-ce qu'il a, il est malade ?

J'ai fait signe que non.

— Déficient?

Comme elle se rapprochait de la vérité, j'ai vaguement opiné du chef : il est taré de naissance et engourdi aux narcotiques. Mais je ne pouvais pas dire ça aux deux femmes qui m'observaient. L'abruti est revenu en ligne après quelques secondes.

— Allllllôôôôô? Ici Clovisssss… à votre…

— … service, oui, je sais. Clovis, c'est Charles. Je peux parler à Mimi, s'il te plaît?

— Charles, Charles, Charles… Ce nom me dit quelque chose. C'est pas toi qui m'as poussé en bas de l'escalier chez K-Tie?

— Oui, c'est ça, c'est moi. Justement, je la cherche, K-Tie. Est-ce que vous l'avez vue?

— C'était pas *cool*, ça, man. J'ai eu des bleus partout.

— En effet, pas *cool*. Clovis, est-ce que K-Tie est avec vous?

— Ça faisait très mal…

C'était moi ou il s'était mis à pleurer? Je l'entendais renifler à l'autre bout de la ligne. Je voulais égratigner le mur : ne sentait-il pas l'urgence de la situation? C'est là que j'ai entendu Mimi (je présume) lui susurrer : «C'est correct, mon ti-loup, c'est fini…» Et les bruits de baisers et de câlins sont repartis. Sérieusement, ma pression n'en finissait pas de monter. Je me suis mis à crier dans le téléphone :

— CLOVIS! PASSE-MOI MIMI!

Alexia s'impatientait. Elle m'a pris le téléphone des mains.

— Mimi? Clovis? Ici Alexia, la mère de K-Tie. Est-ce que vous avez vu ma fille? Elle ne répond pas depuis vendredi...

Sa voix s'est brisée. Il y a eu un silence, puis une voix féminine s'est fait entendre dans l'appareil.

— Alexia? C'est Mimi. Je suis désolée. Non, on n'a pas vu K-Tie ce week-end.

Vraiment, il y avait de l'empathie dans sa voix. J'étais surpris. Puis après une petite pause, Mimi a ajouté:

— Avez-vous demandé à Charles? Ils sont inséparables...

Juste comme j'allais me dire: «Wow, belle sensibilité, elle est peut-être moins nulle que je le pensais!» Paf! Elle dit ça. Une vraie cruche dopée! Incapable de se rappeler que c'était justement MOI qui les avais appelés pour leur demander s'ils avaient vu K-Tie. On n'était pas sortis de l'auberge. On a raccroché...

— OK, il faut trouver une piste. Charles, tu es toujours avec ma fille. Où elle va? Qui sont ses amis?

— On n'est pas continuellement ensemble. Il y a de grands bouts où je ne sais pas où elle va. K-Tie, c'est pas la plus transparente, hein?

Ma mère suivait la conversation avec beaucoup d'attention. Enfin, avec toute l'attention dont elle pouvait faire preuve, mais c'était peut-être trop pour elle.

— Elle est peut-être à l'école? Après tout, on est lundi, a-t-elle cru bon d'avancer.

— M'man! On est en congé depuis vendredi pour Noël!

Elle me décourage, parfois. Elle a murmuré un petit: «Oh! Excusez!», puis s'est remise à brasser papiers, linge et bébelles dans l'espoir de trouver quelque chose.

La vérité brutale, c'est que K-Tie n'avait pas tellement d'amis. Mimi, Clovis et moi. Ça semblait vraiment tenir à cela, et on n'était même pas un quatuor, K-Tie étant parvenue à compartimenter sa vie.

Qui d'autre la connaissait?

C'est là qu'une image m'a traversé l'esprit.

Spike.

Le nain de jardin *King pin* de la drogue. Le préadolescent imberbe aux pouvoirs impossibles à comprendre.

Bien sûr, il était impensable de révéler l'existence de Spike à Alexia avant d'être certain que c'était nécessaire. J'ai donc essayé de rappeler K-Tie. Encore et encore. Toujours pas de réponse. Puis j'ai eu une idée:

— Maman, Rémi est à la maison?

— Oui, pourquoi?

— OK, je reviens. Continuez de fouiller, je vais aller vérifier quelque chose.

Je suis parti en prenant soin de cueillir mon cellulaire, maintenant rechargé à 37 %. Ce n'était pas beaucoup, mais c'était mieux que rien. Je savais qu'Alexia et ma mère ne comprenaient rien, mais il n'y avait pas de temps à perdre. J'ai couru la courte distance qui sépare ma demeure de celle de mon amie et suis entré chez moi en coup de vent, surprenant sur le fait Rémi en train de prendre des selfies avec ses poissons.

Sans commentaires.

— Rémi, j'ai besoin de toi. Viens, on a une course à faire.

L'embarras sur son visage a rapidement disparu alors qu'il s'illuminait comme un sapin de Noël.

— Pour vrai, mon garçon, tu as besoin de moi ? J'arrive !

Et il a filé vers la porte pour sauter dans son manteau et ses bottes en criant dans le vide :

— Céliiiine ! Je m'en vais avec Charlot.

Je ne pouvais m'empêcher de comparer Rémi à un chien surexcité qui a compris qu'on va le mener au parc pour jouer à la baballe. J'étais passablement convaincu qu'il perdrait le contrôle de sa vessie pour peu que je lui brandisse un jouet à rapporter.

On a pris sa voiture. J'ai aussitôt branché mon cellulaire pour qu'il se recharge un peu plus et j'ai envoyé des textos à K-Tie.

— Alors, mon grand, où va-t-on? Sports Experts? Galeries d'Anjou? Oh! Je sais : pharmacie? Est-ce que le moment est venu de t'acheter des bottes de pluie?

Rémi m'a fait un clin d'œil comme si on était de connivence, un formidable sourire plaqué sur le visage. J'étais tellement préoccupé par K-Tie et mon cellulaire que je n'ai pas saisi le sous-entendu. Machinalement, j'ai répété, les yeux rivés sur l'écran de mon cell :

— Des bottes de pluie? Savais pas qu'on en vendait à la pharmacie...

Sur quoi Rémi a éclaté de rire.

— Ben non, Charlot, pas des vraies bottes : des capotes! Tsé? Des condoms! Eh que je suis fier de toi! Mon Charlot qui devient un homme. J'avais bien dit à Céline que tu prendrais tes responsabilités et que tu viendrais me voir. C'est plus facile d'homme à homme, je comprends. C'est un sujet trop délicat entre un garçon et sa mère.

Non, non et non! Pas une discussion de capotes avec Rémi. Pas là. Jamais! J'ai opté pour la finesse :

— Rémi? Maintenant que je suis un vrai mâle, tu peux m'appeler Charles? Merci. Au bout de la rue, tourne à gauche.

Rémi a bombé le torse en acquiesçant, un sourire toujours accroché au visage. Je l'ai dirigé avec précision vers l'appartement de Spike et l'ai fait stationner sur la rue.

— Mais… je ne vois pas de pharmacie. Qu'est-ce qu'on fait ici, Charlot? Euh… Charles?

— On est ici pour essayer de retrouver K-Tie. Elle manque à l'appel depuis vendredi.

— Ah… Bon, d'accord. Et c'est où, ici?

— C'est l'appartement d'un de ses amis. Il est un peu… spécial. Un *kid* qui se prend pour un caïd.

— Pffff… Il ne me fait pas peur! Et mon rôle, là-dedans?

— Euh… tu m'accompagnes?

À vrai dire, je n'étais pas certain de comprendre mon propre rôle dans cette histoire. On est tout de même sortis de la voiture. En m'approchant de l'entrée de Spike, j'ai tout de suite aperçu son gorille qui montait la garde, l'air malcommode comme toujours. J'ai cru bon de prévenir Rémi; je lui devais au moins ça. J'ai murmuré :

— Tu vois l'armoire? C'est son garde du corps. Fais pas de blague, respire pas trop fort. Il n'a pas le sens de l'humour. Et Rémi, si ça vire au vinaigre, sois prêt à sortir de là en courant… Genre, aussi vite que tu peux.

Le sourire de Rémi a faibli un peu. J'ai réussi à convaincre le gorille de nous mener à Spike. Ce dernier était toujours assis derrière son bureau, minuscule et ridicule. De sa voix enfantine, il a tenté de faire de l'humour :

— Charlotte la cocotte, de retour avec son papa ?

Rémi n'a pu réprimer un éclat de rire. Pour une fois, j'étais d'accord avec lui, mais ce n'était pas le moment. Spike a aussitôt dévisagé mon beau-père et le gorille s'est mis à grogner.

— Quelque chose de drôle, le vieillard ? a demandé le nain.

J'ai décidé de sauter dans la discussion avant qu'il n'y ait escalade verbale.

— Non, non, Spike, respect. C'est juste que... mon beau-père a le syndrome de la Tourette, donc il ne se contrôle pas toujours, tu comprends ?

Tout à coup, Spike a eu l'air encore plus jeune. Il hochait la tête, les yeux écarquillés, comme s'il saisissait tout. Il a fait un grand sourire à Rémi, lui parlant lentement comme à un imbécile :

— B-i-e-n-v-e-n-u-e, m-o-n-s-i-e-u-r.

Puis il a tourné son attention vers moi.

— Alors, le jeune, qu'est-ce que le grand Spike peut faire pour toi ?

— Je cherche K-Tie.

— Ah ? Pas de trouble. Ouh-ouh ! K-Tie ! Viens, ma chérie !

Et il s'est penché sous son bureau pour la chercher, l'appelant à lui tel un animal de compagnie. J'ai arrêté de respirer un moment : K-Tie était-elle vraiment sous le meuble ? Malgré mon dégoût face à cette possibilité, je ne pouvais m'empêcher d'espérer qu'il soit aussi simple de la retrouver.

Mais non. Spike se tordait de rire.

— Je vous ai bien eus, hein ? Vous devriez voir votre face ! Hilarant ! Ben non, je ne garde pas la belle K-Tie sous mon bureau. Elle est dans sa cage, comme d'habitude.

L'horreur a glacé mes entrailles et le temps s'est arrêté… jusqu'à ce que Spike éclate encore de rire.

— Je vous ai eus encore ! *Strike two!* *Man* que vous êtes naïfs !

Colère. Rage. Respire, Charles, respire. J'ai forcé un sourire. Il me fallait une réponse.

— Tu nous as bien eus, en effet. Mais sérieusement, Spike, est-ce que tu as vu K-Tie ces derniers jours ? Je suis inquiet.

J'ai été interrompu par la sonnerie du cellulaire du gorille. Il a répondu, a écouté, puis a fait signe à Spike que celui-ci devait prendre l'appel, ce à quoi le petit caïd apparemment trop occupé lui a répondu d'aller se faire foutre. Le gorille a fait de gros yeux et un petit geste de tête de côté, murmurant entre ses dents : «Ta mère.» Le petit chef a perdu toutes ses couleurs, s'est levé pour prendre le cellulaire et est sorti de la pièce, laissant la porte ouverte derrière lui de sorte qu'on l'entendait parler très bas.

— Non, maman, non! Je suis assez grand pour décider... OK... OK... Oui... Non... OK... Bon, je serai là à midi. Et pas de mottons dans les patates pilées!

Il est retourné s'asseoir derrière son bureau.

— Qu'est-ce qu'on disait, déjà? Ah oui, K-Tie. Non, pas vue.

— T'es sûr?

— De quoi j'ai l'air? Pas de temps à perdre avec ça. Bonne chance.

Et il a fait pivoter son énorme fauteuil, se soustrayant à notre vue, comme le méchant dans les vieux James Bond. C'est le moment qu'a choisi Rémi pour parler.

— Euh... Spike? Svp. La mère de K-Tie est très inquiète. Si tu as la moindre information, ça pourrait nous aider.

Le fauteuil a fait une autre demi-rotation. Spike avait un drôle d'air.

— Sa maman a peur... Eh ben! Dans ce cas-là... Non! Désolé, pas plus d'information. La porte, messieurs.

Le gorille a fait un pas vers nous pour nous tirer ou nous pousser vers la sortie, je ne sais pas trop. Rémi n'a pas apprécié. C'est alors que l'épagneul un peu bonasse s'est transformé en doberman enragé. Je n'avais jamais vu ça. Mon beau-père a lâché un grand cri, s'est penché sur le côté et, dans un mouvement sec et précis, a envoyé le gorille au plancher en lui assenant un formidable coup de savate en pleine figure. K.-O. instantané. J'étais bouche bée. Rémi a attendu trois secondes en position d'attaque, puis il est allé se planter devant Spike, pétrifié sur son siège.

— C'est fini le niaisage. Où est K-Tie?

— Mais... je ne sais pas...

— Je vais compter jusqu'à trois, puis tu vas rejoindre ton ami sur le tapis. Un, deux...

— OK, OK, OK! Énerve-toi pas, *man*! K-Tie est dans un appart sur Christophe-Colomb.

— L'adresse?

— C'est au coin de Crémazie. Vous ne pouvez pas le manquer. Appartement 4.

— Merci!

Et, juste comme ça, on est sortis, enjambant la masse inerte du primate sur le sol. Curieusement, j'éprouvais une espèce d'orgueil. Je me suis secoué les puces: fier de Rémi? Ben voyons donc, impossible! Pourtant, il m'avait impressionné, il fallait que je l'avoue. On a pris place dans sa voiture.

— Rémi, comment t'as fait?

— Karaté, mon Charlot. Des années de karaté.

— Quelle ceinture?

— Noire.

Qui l'eût cru? Le beau-père maniaque des poissons était un karatéka. Il y a des jours, comme ça, où tous nos repères prennent le bord et où plus rien n'a de sens.

Rémi a manié sa voiture avec finesse. Le temps de le dire, nous étions stationnés devant l'appartement décrit par Spike, sur Christophe-Colomb. On a grimpé l'escalier en vitesse pour enfin cogner énergiquement à la porte numéro 4, recouverte d'une peinture bleue défraîchie et écaillée. Pas de réponse. Soupir. J'ai composé le numéro de K-Tie sur mon cellulaire. Le long du corridor, une épaisse odeur d'épices de tout acabit forçait son chemin dans nos narines.

La sonnerie personnelle de K-Tie a retenti à l'intérieur de l'appartement. J'ai tapé plus fort sur la porte.

— K-Tie, ouvre! Je sais que tu es là-dedans, j'entends ton cell! K-Tie!

J'ai arrêté de cogner un moment pour écouter. Quelques pas, puis la porte s'est entrouverte, retenue par une chaîne. Deux yeux sont apparus dans l'embrasure.

Marie-Françoise.

#Oh.Mon.Dieu.

13

Surprise derrière la porte

Pour la ixième fois de la journée, j'étais bouche bée. Marie-Françoise m'a fait un grand sourire, elle a refermé la porte pour enlever la chaîne et l'a rouverte, puis elle m'a sauté dans les bras.

— Allô, Charlot! Je suis super contente que tu sois là! Tu viens jouer avec moi?

Elle m'a pris par la main pour m'entraîner à l'intérieur, s'arrêtant cependant pour demander :

— C'est qui, lui?

Rémi a pu entrer avec nous une fois les présentations faites.

— Tu as apporté des poissons? Je n'en ai pas eu encore...

— Des... quoi?! Je savais que mes poissons disparaissaient! Jeune homme, j'exige des explications immédiatement! a ordonné mon beau-père.

Rémi était hors de lui, mais sur un ton sans équivoque, je lui ai dit :

— Pas maintenant.

Il a compris et s'est calmé. Marie-Françoise nous a alors entraînés dans ce qui aurait pu être le salon si les locataires de l'endroit avaient su comment organiser un logement. En effet, il y avait là un vieux futon, un téléviseur presque centenaire (j'exagère) avec des oreilles de lapin pour capter un ou deux postes, des boîtes de pizza vides, des canettes de liqueur écrasées, des sacs vides, des vieux cendriers puants, etc. Et au milieu de tout ça, quatre cageots de lait en plastique faisaient office de table sur laquelle avait été déposé un jeu de Yahtzee.

Marie-Françoise n'avait l'air ni malheureuse ni traumatisée, mais elle était bel et bien seule dans ce logement minable, probablement à des années-lumière de son environnement habituel. Reste qu'elle semblait en pleine forme.

— Marie-Françoise, est-ce qu'il y a quelqu'un d'autre ici ?

— Non, K-Tie est partie chercher de la bouffe et des billets d'autobus, je crois.

— OK... mais vous faites quoi ensemble ?

— Oh, c'est qu'il y a eu une petite urgence dans ma famille et K-Tie a accepté de s'occuper de moi pendant le week-end. Elle m'a tout expliqué ça à l'école, vendredi, et elle m'a emmenée ici. On a eu des tonnes de plaisir, c'était génial! Elle va me reconduire à la maison à la fin de la journée… en autobus! Peut-être le métro aussi, c'est tellement chouette. Ma mère ne veut jamais qu'on prenne les transports en commun: elle dit que c'est sale et dangereux. J'espère que K-Tie va me garder encore, parce qu'avec elle, c'est top génial! On peut rire, se coucher tard, manger de la pizza pour déjeuner et même dire des gros mots comme «merde». Ma mère flipperait à mort si elle entendait ça!

J'essayais de reconstituer le fil de l'histoire, de faire un peu de sens avec tout ce que Marie-Françoise venait de débiter quand mon téléphone a sonné. Numéro inconnu. En jetant un œil, j'ai constaté qu'il me restait un maigre 6% de batterie. *Isch*…

— Allô?

— Bonjour, j'aimerais parler à Charles Belzile, s'il vous plaît.

— C'est moi…

— Charles, ici Antoine Laverdurière.

— Euh… on se connaît?

— Je suis le père de Katherine. Et de Marie-Françoise.

J'ai senti que le sol se dérobait sous mes pieds. Bien sûr! J'avais essayé de le contacter quelques semaines plus tôt, mais il n'avait jamais rappelé. Joindre le père de K-Tie pour aider cette dernière m'avait semblé un bon plan. Sauf qu'il arrivait un peu tard, le paternel. Une boule de colère a pris naissance dans mon ventre.

— Bon, enfin, c'est pas trop tôt! On ne peut pas dire que vous êtes rapide sur les retours d'appels! Si vous vous étiez occupé de K-Tie avant, on n'en serait peut-être pas là, et…

— Retour d'appel? Je ne sais pas de quoi tu parles, jeune homme, mais on a d'autres chats à fouetter. Je ne tolérerai pas de me faire répondre ainsi par un petit baveux comme toi. As-tu eu des nouvelles de K-Tie?

Rémi s'était installé par terre et avait commencé une partie de Yahtzee avec Marie-Françoise.

J'ai pris une inspiration. *Môssieur* Laverdurière voulait jouer ce jeu? Parfait.

— Oui et non.

— Comment ça : oui et non? Soit tu lui as parlé, soit tu ne lui as pas parlé. Ça ne prend pas un doctorat pour répondre à une question aussi simple. Ah! Les jeunes, de nos jours…

Je sentais vraiment que lui et moi, on ne serait jamais amis. Rémi était un amour à côté de cet homme condescendant.

— D'accord : non.

— Donc tu ne sais pas où elle est?

— En fait, peut-être.

— Je ne sais pas ce qui m'empêche de…

— De quoi? Et Marie-Françoise, elle est où?

Il y a eu un silence et quelques balbutiements au bout de la ligne.

— Mais… avec sa mère, bien sûr. J'étais au chalet durant la fin de semaine pour des petits travaux.

— Et j'imagine que votre bourgeoise a également pensé que la petite était avec vous, puisqu'elle ne semble pas avoir appelé la police. Marie-Françoise, elle est avec moi. Quelle sorte de parents êtes-vous, à ne pas savoir où se trouve votre enfant pendant trois jours ? Sans compter que vous avez abandonné K-Tie lorsqu'elle était bébé pour ensuite la renier et refuser qu'elle vous contacte. Ben bravo, monsieur Truc. Papa de l'année ! C'est la DPJ qu'il faudrait appeler !

À l'autre bout du fil, des mots trop vilains pour être répétés ont été prononcés. Puis il y a eu un changement d'interlocuteur à l'autre bout de la ligne :

— Charles ? C'est Alexia. Excuse-moi. Antoine est chez moi. Je ne savais pas quoi faire alors je l'ai contacté. As-tu des nouvelles ?

— Alexia, votre ex est un imbécile !

Je l'ai sentie sourire, malgré son inquiétude.

— Plusieurs éléments soutiennent cette théorie, j'avoue. Mais ce n'est pas important pour l'instant. K-Tie ?

— Oui, je pense l'avoir trouvée. Elle est…

Et c'est à ce moment-là que mon cellulaire est mort. Et pour la première fois de ma vie, je me suis retrouvé dans une drôle de situation. Aucun moyen d'utiliser un téléphone. En effet, celui de l'appartement était H.S. et celui de Rémi avait été laissé à la maison. À moins que…

— Marie-Françoise, où est le cellulaire de K-Tie?

— Je sais pas…

La langue sortie, elle était concentrée à brasser intensément les dés pour battre Rémi. Elle les a lancés sur la table et, l'air triomphant, a inscrit ses points en s'exclamant:

— Trois à deux. Oh ouais! Essayez de battre ça, monsieur Rémi!

Puis Marie-Françoise s'est mise à chanter *À la claire fontaine* pour célébrer son coup de chance. Je suis revenu à la charge.

— Marie-Françoise, c'est important. Où est son cellulaire?

— Elle est partie avec.

— Mais… il me semble que je l'ai entendu sonner quand on est arrivés! Tu sais, avant que tu nous ouvres la porte? On essayait de la contacter.

— Woo-hou! Une petite suite! Et vlan dans les dents! Que dites-vous de cela, mademoiselle?

Rémi était tout aussi pris par la partie de dés que sa jeune amie qui m'a néanmoins répondu, après avoir grimacé:

— C'était le mien.

— Mais… il me semble que j'ai entendu la sonnerie particulière du cellulaire de K-Tie.

— Ouais, ben on a la même, tu sais, puisqu'on est *doppelgängers*… K-Tie a changé ma sonnerie pour qu'on soit identiques. Ah, ah! Une grande suite! Pleurez pas, monsieur, c'est juste que la jeunesse est plus talentueuse!

Les deux ont éclaté d'un grand rire. On aurait dit qu'ils étaient amis depuis toujours. Je n'ai pu m'empêcher de remarquer la belle complicité qui s'était tout de suite établie entre eux et, je l'avoue, j'ai eu un petit pincement, comme si le jeune Charlot en moi s'était écrié: «Mais c'est MON Rémi! Trouve-toi-z'en un!» Je me suis donné une claque sur le front. *Je ne vais tout de même rechigner à partager Rémi! Le caniche de ma mère? Le ninja amoureux des poissons?* Bref, il était temps que cette histoire finisse et que tout revienne à la normale.

— Marie-Françoise, je peux emprunter ton cell?

— Ouais, il *est* là-bas…

Elle a esquissé un mouvement très approximatif du menton pour m'indiquer l'emplacement de l'appareil. En me dirigeant vers celui-ci, j'ai eu une idée. K-Tie filtrait sûrement ses appels, puisqu'elle n'avait pas une seule fois répondu aux miens lorsque je l'avais appelée un peu plus tôt. Toutefois, elle ne se méfierait pas du numéro de

Marie-Françoise… Aussitôt dit, aussitôt fait. Après seulement deux sonneries, K-Tie était au bout de la ligne.

— Bonjour! *Doppelg*ä*ngers* illimités, que puis-je faire pour vous?

— K-Tie, c'est Charles.

Silence. Puis panique.

— Oh mon Dieu! Marie-Françoise… est-ce qu'elle est correcte? Charles, dis-moi qu'elle est correcte!

— Oui, oui, elle est correcte, capote pas.

— Ah?… Ben… Euh… OK. Ça va?

— K-Tie, laisse faire le blabla. Tu as angoissé tout le monde. Qu'est-ce qui t'a pris?

Je l'entendais pleurer, tout doucement.

— Je suis désolée. Je ne lui ai pas fait de mal, je te le jure… Je ne lui ferais jamais de mal, c'est ma sœur. Est-ce que tu lui as dit? Est-ce qu'elle sait?

— Sait quoi?

— Ben… ce que j'ai fait, qui je suis?

— C'est plutôt à moi de te poser la question : qu'est-ce que tu lui as révélé? Moi, rien. Elle est en train de jouer au Yahtzee avec Rémi. Les deux meilleurs amis au monde!

— Je ne l'ai pas compromise. Je lui ai juste raconté une histoire de *doppelgängers,* donc elle pense qu'on est des sœurs mystiques ou quelque chose du genre. Rien de concret. Mais là, tu me jures qu'elle va bien?

Le timbre de sa voix me rassurait. Je la sentais bien. Mieux, peut-être. Moins tourmentée, plus équilibrée.

— K-Tie, on laisse tomber le rideau, OK. Il faut que ce soit une histoire qui finit bien. Tu es trop importante dans ma vie…

Je l'entendais renifler à l'autre bout. Quelques secondes ont passé, puis elle s'est mise à rire doucement, comme pour se secouer.

— Aaaahh… Charles Belzile! Je t'aime, tu le sais? Jamais compris pourquoi tu restais à mes côtés, je suis vraiment *fuckée*… Tu dois être un saint!

Je me sentais tout tendre à l'intérieur. Ma belle K-Tie… Comme j'aurais aimé avoir cette discussion en personne. J'aurais voulu la prendre dans mes bras, sentir son cœur contre le mien, goûter ses lèvres douces, humer son parfum. Mais on était bel et bien dans l'œil de la tempête, dans un calme tout à fait artificiel. Il y avait encore beaucoup de coups de torchon à donner avant que tout soit véritablement en ordre.

— Je t'aime aussi, Katherine Séguin. On règle tout ça et on reprend la conversation en vrai, d'ac? Viens nous rejoindre au parc. On sera là dans dix minutes.

— Ouin, OK. À plus…

Elle a raccroché. J'ai immédiatement appelé Alexia, lui donnant aussi rendez-vous au parc.

— Alexia ? Emmenez aussi l'imbécile…

Je l'ai une fois de plus sentie sourire. Elle semblait soulagée.

— OK, on arrive. Et Charles : merci, tu es merveilleux.

J'ai entendu ma mère lui faire écho. Ma chère maman d'amour qui n'avait visiblement pas lâché son amie et qui devait se débattre avec un million de questions. Elle préparait son interrogatoire, j'en étais convaincu, mais elle tenait bon en attendant. Il faudrait que je me souvienne d'être plus patient avec elle, de prendre le temps de lui parler pour la rassurer. Au fond, ça n'avait pas dû être facile de se retrouver seule pour élever un garçon.

Enfin, tout ce dégât serait bientôt derrière nous et on pourrait repartir à zéro. Pour l'heure, c'était moi, le concierge, qui dirigeais le grand ménage.

— Bon, les enfants ? On y va ! Rangez votre jeu. Marie-Françoise, avais-tu un sac ? Ramasse tes trucs.

Je souriais malgré moi. Je semblais vraiment détenir la fibre de l'éducateur, voire d'un père.

Et je me disais, à le voir avec la petite, que Rémi n'était pas si mal quand on lui donnait une chance.

14

Réunion de famille...
ou presque

En sortant tous les trois de la tour d'habitation, on a croisé le gorille de Spike qui venait probablement inspecter l'état des lieux. Quand il a aperçu Rémi, il a fait un pas de côté pour le laisser passer, visiblement nerveux. Mon beau-père n'a pu s'empêcher de lui adresser un petit grognement agressif en le frôlant sur le trottoir. Le garde du corps a aussitôt sursauté et s'est emmêlé les pinceaux. Rémi l'a dépassé en imitant des aboiements festifs pour Marie-Françoise, qui riait aux larmes et se prêtait volontiers au jeu.

Une fois dans la voiture, je me suis assuré que la petite avait bien attaché sa ceinture de sécurité sur la banquette arrière, puis je me suis assis près de Rémi, du côté passager. Mon beau-père a repris son rôle de pilote responsable et nous a conduits de manière très sécuritaire au parc que je lui avais indiqué. Cependant, il n'a pu s'empêcher de me poser une question :

— C'est quoi l'histoire des poissons, Charles ?

J'ai simplement secoué la tête.

— De beaux cadeaux qui ont rendu des enfants très heureux, Rémi, rien de plus. Je vais tout t'expliquer…

On arrivait au parc. Rémi a garé la voiture et on s'est dirigés vers les balançoires où nous attendaient déjà Alexia, Antoine et ma mère. J'ai immédiatement fait signe à Céline que tout était sous contrôle, lui faisant comprendre qu'elle devrait attendre encore un peu pour avoir réponse à toutes ses questions. Quand Marie-Françoise a vu son père, elle a légèrement accéléré le pas, mais ne m'a pas semblé ultra emballée de le voir.

— Bonjour, papa.

Ils se sont donné un câlin très rapide alors qu'Alexia, qui les observait, avait dans les yeux une ombre étrange que je ne pouvais tout à fait interpréter. De la peine ? De la tristesse ? De la douleur ? Antoine, lui, a jeté son regard de feu sur moi, me crachant presque au visage, s'avançant même avec un air menaçant en me pointant du doigt :

— C'est toi, Charles ? Explique-moi pourquoi tu as kidnappé ma fille. J'exige des

180

excuses et des explications. Après, je te livre à la police.

Alexia est tout de suite intervenue, avant même que ma mère et Rémi, indignés, ne puissent protester.

— Antoine, ça va faire. Céline, Charles… et Rémi sont de bonnes personnes, de bons voisins et Céline a été là pour K-Tie quand… quand j'ai dû aller à l'hôpital pour toi. Donc, s'il te plaît, un peu de respect.

Ma mère a pris la main d'Alexia. Rémi a entouré mes épaules de son bras avec un air protecteur.

Antoine en avait fait baver à son ex et il le savait. Il l'avait manipulée, avait tiré avantage de sa situation financière précaire, de son manque d'éducation, de sa monoparentalité, voire de son amour pour lui. Il s'était joué d'elle comme d'une marionnette et s'était définitivement comporté comme un mâle alpha pour l'intimider, soit l'attitude la plus honteuse qu'un homme puisse adopter envers une femme, qui plus est envers la mère de son enfant. Reste que la confiance tranquille qu'Alexia affichait ce jour-là l'a désarmé et, peut-être pour la première fois de sa vie, il s'est tu. Ma mère avait la bouche ouverte. Elle ne comprenait pas tout, c'était évident.

Voyant qu'Antoine avait capitulé avec un minimum de grâce, Alexia l'a quitté des yeux en acquiesçant subrepticement, puis elle s'est tournée vers moi.

— Charles, quelques explications seraient bien de mise. Mais pour tout de suite, où est K-Tie?

J'ai dit que je lui avais parlé et qu'elle s'en venait au parc.

— Elle est vraiment désolée, elle n'a jamais voulu faire de mal. Elle voulait simplement... euh, Rémi? Est-ce que tu peux emmener Marie-Françoise sur les balançoires?

Il y avait des informations que la petite n'avait pas à entendre, du moins pas de ma personne. Rémi m'a tapé un clin d'œil et a emmené sa nouvelle amie se balancer. J'ai repris mon discours.

— K-Tie voulait connaître sa sœur. Peut-être qu'en faisant ce qu'elle a fait, elle espérait également attirer l'attention de son père. On aura beau dire tout ce qu'on voudra : les filles ont besoin de connaître leur paternel, même quand il est con, imbécile et hautain.

Alexia m'a fait des yeux sévères : danger! J'ai capitulé.

— Bref, tout ce qu'elle voulait, c'est vous connaître et se rapprocher de Marie-Françoise. Elle a organisé tout ça pour passer du temps avec sa sœur, sans lui dire quoi que ce soit de compromettant. Pour une raison que je ne m'explique pas, elle vous est restée loyale, monsieur Laverdurière. Sincèrement, maintenant que je vous connais un peu, si ça avait été moi, j'aurais...

— Charles! m'a interrompu ma mère.

Elle avait beau ne pas saisir tout ce qui se passait, son Charlot devait rester poli. Ce que j'ai fait.

— En résumé, K-Tie s'en vient, je vous ai ramené Marie-Françoise, ma *job* est faite! Le reste vous appartient, vous les adultes. Essayez donc de vous entendre pour que mon amie arrête de se tatouer, de se percer, de se scarifier et de souffrir de toutes les manières possibles.

Sur ce, le téléphone de Marie-Françoise, qui était toujours dans la poche de mon pantalon, a sonné. J'ai répondu, faisant quelques pas pour m'éloigner.

C'était K-Tie. Sa voix était très douce, mais ferme.

— Charlot? C'est moi. Je ne sais pas comment te dire ça... Je n'irai pas au parc. Je ne suis pas capable. En fait, je m'en venais, mais quand j'ai vu le grand con, quelque chose s'est allumé en moi. Un feu, je ne sais pas trop. J'ai besoin d'air... Est-ce que tu peux comprendre?

— Après avoir rencontré Antoine, oh que oui! Quel imbécile! C'est une bénédiction qu'il ait laissé Alexia t'élever seule, tu sais?

K-Tie était émue, silencieuse un moment.

— Merci, Charles. Merci pour tout. Je vais... partir pendant un petit bout. Pas très longtemps, mais il faut que je me trouve. Je ne peux pas rentrer tout de suite, comme ça.

Une panique m'a envahi.

— K-Tie, tu ne peux pas partir. Où tu vas aller?

— Je ne sais pas… Pas très loin. Peut-être même chez Spike. Juste quelques jours, pour respirer. Je te promets que je vais répondre au téléphone chaque fois que tu vas m'appeler.

— Chaque fois?

— Chaque fois.

— Promis?

— Promis. Je t'aime, Charles. Ne l'oublie pas.

J'ai défait mon chemin à pas de tortue vers Alexia. Je n'avais pas le goût de partager avec Antoine tout ce que venait de me dire K-Tie, mais il collait à son ex comme une mouche. Au moins, ma mère était allée rejoindre Marie-Françoise et Rémi. De loin, on aurait dit une petite famille. J'ai déballé mon sac.

— … bref, elle a promis de répondre à son téléphone, ai-je conclu.

Alexia était immobile, muette, mais une rage profonde, emmagasinée depuis de trop longues années, était en train de la submerger. Et qui fut l'heureux récipiendaire de ce trop-plein de rage? Roulement de tambour… Antoine Laverdurière! Autant vous dire qu'il a vite senti qu'il venait de rentrer dans un mur de briques à 200 km/h. Le jour du jugement dernier était arrivé. Il savait qu'il était pris au piège, mais il en avait tissé lui-même la trame. Pour faire court, disons qu'une vague d'injures a déferlé sur l'homme, qui semblait vieillir et rapetisser de seconde en seconde. La Vérité avec un grand V, c'est ce qui est le plus douloureux dans l'expérience humaine.

Quant à moi, je ne savais que faire de mon corps. Devais-je m'en aller ? Les laisser vivre ce moment en privé ? Pour être franc, j'étais sidéré par ce que j'entendais et je n'osais bouger. De toute façon, j'étais invisible aux yeux du couple désuni qui s'affrontait. Par ailleurs, le rapport de force entre cet homme et cette femme venait de basculer et c'était étrangement fascinant, comme ces accidents de la route qu'on ne peut s'empêcher de regarder en passant. Je comprenais enfin des trucs sur la vie de K-Tie, mais ce qui m'a jeté à terre, c'est ceci :

— Je veux récupérer Marie-Françoise ! C'est pas vrai qu'elle va grandir à côté d'un imbécile comme toi, qui traite les femmes comme de la marchandise, comme des esclaves, comme une sous-espèce de la grandeur de l'Homme, avec un H majuscule ! Tu m'entends, Antoine Laverdurière ? Je veux avoir mes *deux* filles avec moi ! Tu t'arrangeras avec ta princesse de Westmount qui ne se soucie même pas de savoir où est la petite et qui n'a pas voulu abîmer son corps avec une grossesse! Tu lui diras que la mère porteuse que tu as payée n'en était pas une, que tu as fait semblant de vouloir revenir dans ma vie, que tu as profité de ma vulnérabilité, que tu m'as carrément mise enceinte, pis que tu m'as fait le plus ignoble des chantages pour que je taise tout ça, que je cache ma grossesse et que… que j'accepte de te donner ma deuxième fille. Tu lui diras que K-Tie existe et que le fait d'être reniée par son père la gruge par en dedans. Tu lui diras que tu as choisi une DANSEUSE pour porter tes filles, pis que tu as honte de nous. T'es le pire des salauds de la planète, tu sais ça? Tu ne devrais même pas exister… S'il y a une justice dans ce monde… s'il y a une justice dans ce monde…

Mâchoire décrochée.

Tombée sur le sol.

Bouche bée.

Cerveau gelé.

Alexia était la mère de Marie-Françoise! Ça n'avait pas de sens… Comment? Pourquoi?

Alexia n'a pu finir sa phrase et s'est écoulée au sol, son corps secoué par de violents sanglots, sa bouche ouverte en un long cri d'agonie muet. C'était déchirant de la voir ainsi, mais la vérité éclatait enfin au grand jour.

Voyant la scène, ma mère a couru pour secourir sa voisine. Par solidarité féminine,

Céline sentait la douleur d'Alexia et la partageait même en ignorant les détails de l'histoire. Une discussion s'imposerait, mais pour l'instant, Alexia avait besoin de réconfort et de chaleur humaine.

Rémi a pris Marie-Françoise dans ses bras comme s'il voulait la sauver d'un naufrage imminent.

J'ai fait signe à Antoine de partir en pointant l'ouest. Et croyez-moi, il est parti : mon doigt était chargé.

Si seulement K-Tie avait été là.

15

Le phœnix

C'était une journée parfaite à tous points de vue. Un ciel bleu sans nuages, un soleil chaud et rassurant, la végétation qui renaissait depuis maintenant des semaines, les fleurs éclatantes sur verdure, les arbres fruitiers au summum de leur beauté.

Je marchais main dans la main avec K-Tie sur un sentier paisible bordé d'arbres centenaires. Mon monde avait recommencé à avoir tout plein de sens le jour où elle était revenue de sa retraite volontaire. Le centre de mon existence s'était placé au bon endroit, et le reste s'était tout naturellement aligné. Je l'aimais, cette fille, et le plus beau de l'affaire, c'est qu'elle m'aimait aussi.

Une fois parvenu au bout de l'allée, j'ai entraîné ma belle vers la gauche :

— C'est par là.

Encore une vingtaine de pas et je me suis agenouillé pour déposer des fleurs sur la tombe de mon père. C'était l'anniversaire de son décès et, pour la première fois depuis la tragédie qui avait frappé ma famille, je me sentais en harmonie. Mon père me manquait toujours autant, mais je ne faisais plus de cauchemars. Il m'avait libéré, ayant probablement réussi à me transmettre en songes tous les messages et les enseignements qu'un homme doit léguer à son fils. K-Tie flattait mon dos.

— Veux-tu un moment seul avec lui?

— Non, tu fais partie de ma vie, je veux qu'il te connaisse aussi. Papa, tu te souviens de K-Tie, la petite voisine? Eh bien… on a grandi et… je l'aime! On aurait eu du plaisir ensemble, tous les trois, j'en suis convaincu. Papa, je veux simplement te dire merci et… je t'aime.

Des éclats de voix sont venus troubler la sérénité de l'endroit, mais la joie qui s'en dégageait était contagieuse. Ma mère, Rémi, Alexia et Marie-Françoise avançaient vers nous, comme la plus belle des familles recomposées.

Sans surprise, Amandine Debourgault, l'épouse d'Antoine, avait demandé le divorce illico en apprenant l'origine de Marie-Françoise. Elle avait eu tellement honte de toute cette histoire qu'elle avait signé des papiers sur-le-champ pour renoncer à tout droit de visite et à tout contact avec la petite.

Plus tard, on a appris qu'elle n'avait jamais voulu d'enfant, qu'Antoine lui avait tordu le bras et qu'elle ne possédait pas le moindre soupçon de fibre maternelle. Contre toute attente, la justice avait vu clair dans le jeu d'Antoine et c'est Alexia qui avait eu la garde de Marie-Françoise.

La petite était bien brave, considérant que tous ses repères avaient basculé. Il faut dire que K-Tie était devenue la clé de voûte du quotidien de sa cadette. En d'autres termes, le nouvel univers de Marie-Françoise tenait grâce à l'amour de sa grande sœur. Et cet amour était réciproque. Il faut dire que Marie-Françoise est une enfant extraordinaire, dont la résilience a de quoi impressionner. Dès le début, nous l'avons entourée d'affection et nous serons toujours là pour elle. Avec un peu de chance, elle évitera les tatouages et tout le reste.

Quant à moi, après une année très occupée à ramasser les dégâts de tout le monde, j'ai enfin pu rendre mon tablier. En effet, tout semble être rentré dans l'ordre. Ma mère est heureuse en amour pour la première fois, et l'excentrique Rémi… Eh bien, c'est Rémi, mais je le vois différemment et… c'est correct. Le fond est bon. Il ne sera jamais aussi *cool* que mon père, mais peut-être que j'idéalise celui qui est parti trop tôt. Sincèrement, quand je vois Rémi avec Marie-Françoise, je me dis qu'au final, il n'est vraiment pas si mal comme père substitut.

On va être OK tous ensemble.

Ramble On...

Où que tu sois, papa, continue de *rocker* le paradis! On se rejoint, un de ces quatre.

Table des chapitres

**ÉDITIONS
PIERRE TISSEYRE**
w w w . t i s s e y r e . c a

Heureuse derrière son clavier en train d'écrire des histoires qui font réfléchir ou qui font rire (idéalement, les deux), Anne-Marie Quesnel aime créer des personnages auxquels on s'attache. L'humour est également un ingrédient de choix dans ses écrits, peu importe leur genre. Enseignante pendant 23 ans, elle est maintenant conférencière et coach en parentalité. Elle a d'abord écrit trois livres sur l'éducation avant de se tourner vers la littérature jeunesse en publiant un recueil de nouvelles pour les 10 ans et plus aux Éditions Caramello en 2014. Elle récidive cette fois avec son premier roman jeunesse, qui met en scène Charlot, un adolescent aux prises avec un père absent, un beau-père trop présent, une mère hyperactive et une meilleure amie en quête d'identité.